교 서 동 아 이 들

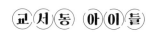

초판 1쇄 발행 2023년 4월 7일

글 최이랑

편집장 천미진 | 편집책임 최지우 | 편집 김현희
디자인책임 최윤정 | 마케팅 한소정 | 경영지원 한지영

펴낸이 한혁수 | 펴낸곳 도서출판 다림 | 등록 1997. 8. 1. 제1-2209호
주소 07228 서울시 영등포구 영신로 220 KnK 디지털타워 1102호
전화 02-538-2913 | 팩스 070-4275-1693 | 전자 우편 darimbooks@hanmail.net
블로그 blog.naver.com/darimbooks | 다림 카페 cafe.naver.com/darimbooks

ISBN 978-89-6177-308-9 (43810)

교서동 아이들

최이랑 장편 소설

다림

조금씩만 더 행복해지기를

나는 이 땅의 청소년들이 행복했으면 좋겠습니다.

어제보다 오늘, 조금 더 많이 웃고 씩씩하게 뛰어다니며 햇볕도 바람도 오래오래 쐴 수 있으면 좋겠습니다. 까짓것, 마음만 먹으면 얼마든지 할 수 있을 텐데 안타깝게도 제법 많은 청소년들이 그런 소소한 일상에 섣불리 뛰어들지 못합니다. 성벽처럼 견고하고도 높은 입시의 문이 친구들의 앞을 가로막고 있는 탓입니다. 게다가 성벽 옆에는 친구들의 보호자라고 일컬어지는 사람들이 떡하니 버티고 서서 어떻게든 성벽 안으로 친구들을 밀어 넣으려 기를 쓰고 있으니 성벽 앞에 서 있는 친구들은 주저앉을 수도 슬금슬금 뒷걸음을 칠 수도 없습니다. 입시의 문을 통과할 때까지 꼼짝없이 그곳에서 견뎌야 합니다. 잠을 쫓아 주는 고농도의 카페인 음료를 물처럼 들이켜며 친구와의 잠깐 수다 타임도 아까워하면서 말입니다.

사교육 1번지로 꼽히는 지역에서는 청소년들의 강박과 우울이 어느 곳보다 심하다는 보도가 심심찮게 나옵니다. 그럼에도 성벽의 곁에 선 어른들은 친구들을 이끌고 사교육 1번지를 찾습니다. 우리 친구들을 위해서라는 명분을 달고서 말입니다. 참으로 안타까운 현상이 마치 정설이라도 되는 양 친구들을 옥죄고 있는 게 죄스러워서 나는 이 이야기를 쓰기 시작했습니다.

　부디 입시의 문턱에 선 친구들이 강박과 우울에 시달리며 스스로를 파괴하지 않길 바랍니다. 윤아와 진아 그리고 수연과 혜리의 상황을 세심하게 들여다보며 함께 행복해질 수 있는 방법을 우리 친구들도 찾아 갔으면 좋겠습니다.

최이랑

차례

교서아파트 3단지

교실 창밖으로 손바닥만 한 하늘이 보인다. 그 옆으로는 우뚝 솟은 건물들 아니, 누군가의 집이라 불리는 아파트가 빼곡하다. 하필 눈앞에 보이는 게 아파트뿐이라니.

아파트 단지 안에 자리 잡은 학교는 매력이 없다. 담장처럼 둘러진 아파트와 수백 개의 창문들, 그 안의 사람들에게 감시받는 기분이라고나 할까. 분명히 아파트에는 누군가의 엄마, 누군가의 아빠가 살고 있을 테고 그들은 이곳, 교서중학교에 다니고 있는 아이를 끊임없이 압박하고 있을 것이다.

학생의 본분은 공부란다. 학생이 공부 말고 할 게 뭐가 있어? 공부만 잘해 봐. 학교 다닐 때가 제일 좋은 거야.

'거짓말.'

윤아는 핏, 콧방귀를 뀌었다. 학교 다닐 때가 제일 좋은 거라니. 윤아 눈에는 자기가 하고 싶은 일을 마음껏 하고 다니는 엄마 아빠가 더 좋아 보였다. 무거운 가방을 메고 새벽같이 집을 나섰다가 자정이 넘어서야 들어오는 윤아의 언니, 진아를 보면 더더욱 그랬다. 원래 학교 다닐 때는 힘든 거야. 그 시기를 어떻게 버티느냐에 따라서……. 또다시 어른들의 잔소리가 머릿속을 떠돌았다.

다른 사람들한테 물어봐. 교서동에서 중고등학교 시절을 보낸다는 건 행운을 누리는 거야. 여기만큼 교육 환경 좋은 곳이 없지. 다들 교서동, 교서동 하는 데는 그만한 이유가 있다니까.

'이유? 도대체 그게 뭐지?'

윤아는 고개를 돌려 교실을 바라보았다. 스물한 명의 고만고만한 아이들이 빼곡하게 붙어 앉은 교실. 선생님은 교탁 앞에서 느슨한 말투로 무언가를 설명하고 있고, 스크린 보드에는 선생님이 틀어 놓은 영상 자료가 쉴 새 없이 돌아가고 있다. 이 학교가, 이 교실이, 대체 뭐가 특별하다는 걸까? 윤아는 선생님을 빤히 쳐다보며 머릿속으로는 연신 다른 생각을 굴렸다.

"허윤아, 질문할 거 있니?"

선생님이 윤아를 불렀다. 윤아는 얼른 도리질하고 교과서를 봤다. 딴생각하지 말라는 일종의 주의였다.

옆자리에서 수연이 게슴츠레한 눈으로 교과서를 들이밀었다. 한쪽에 파란색 볼펜으로 흐물흐물하게 그려 낸 두

글자가 보였다.

졸려.

윤아는 피식 웃었다. 사회 선생님 목소리는 잠을 부른다. 윤아가 창밖을 내다보며 딴생각을 하고, 이곳의 교육 환경을 짚어 보게 된 데에는 사회 선생님 탓도 있을 것이다. 교서동이 최고의 교육 환경을 갖추고 있다는데, 그래서 교서동으로 이사 오고 싶어 안달하는 중고등학생 학부모가 많다는데, 나른한 목소리로 국가와 사회의 역할을 논하는 사회 선생님을 보면 아무래도 떠도는 말들이 다 거짓말 같다.

다른 선생님으로 바꿔 주세요. 아니면 재미없는 영상 자료라도 새로운 걸로 바꿔 주세요. 손을 반짝 쳐들고 항의하고 싶다. 하지만 뭐, 이런 선생님도 한 명쯤은 있어야지. 그래야 마음껏 다른 세상을 탐닉하며 딴짓을 할 수 있지. 스르르 윤아의 눈길은 다시 창밖을 향한다. 그래 봐야 눈에 들어오는 거라고는 고층의 아파트뿐이다. 재미없다. 윤아는 연필을 쥐고 끄적끄적 낙서를 시작했다.

작사해?

　수연이 또 메모를 들이댔다. 윤아는 고개를 저었다. 하얀 종이에 되는 대로 이런저런 상념들을 적어 놓기는 했지만, 작사라고 하기엔 민망했다. 물론 작사를 제대로 할 수 있다면 얼마나 좋을까? 그 마음은 간절했다.

　니 취미 개노잼ᅳᅳ

　수연이 메모 한 장을 들이밀고는 입을 삐죽거렸다. 윤아는 슬며시 미소만 지었다. 수연은 속이 훤히 드러나는 아이였다. 좋은 것과 싫은 것이 명확했고, 은근슬쩍 꼼수를 부리는 아이도 아니었다. 할 말은 똑 부러지게 하고 스스로 잘못했다 생각한 건 미안하다고 곧장 사과할 줄 아는 아이였다. 그래서 윤아는 수연이 편했다.
　지루하기 짝이 없는 수업이 끝났다. 윤아네 교실은 물론 학교 전체에 나지막한 함성이 번졌다. 모두들 수업 시간을 버티느라 힘들었던 모양이다. 동질감이 느껴져서 윤아는 마음이 놓였다.

"와, 신상 떴다!"

학교를 빠져나오며 수연이 호들갑을 떨었다. 수연은 웨이크샵을 들여다보고 있었다. 웨이크샵은 요새 인기 있는 디자이너 브랜드의 의류와 잡화를 한눈에 볼 수 있는 온라인 편집샵이었다.

"요거 어때? 진짜 귀엽게 나왔다!"

학교 앞 횡단보도를 건너며 수연이 윤아의 눈앞으로 핸드폰을 내밀었다. 네모난 액정에 분홍색 크리스털로 된 토끼 모양의 키링이 떠 있었다.

"너 얼마 전에도 사지 않았어?"

"그건 그거고. 이건 신상이잖아."

수연의 목소리가 하늘하늘 날았다. 며칠이 지나면 수연의 가방에서 분홍색 크리스털 키링이 반짝거리고 있겠지. 안 봐도 뻔했다.

윤아와 수연은 교서아파트 3단지에 살고 있다. 교서중학교와는 걸어서 10분도 채 걸리지 않는 거리였다. 1단지에서 8단지까지 넓게 펼쳐져 있는 교서아파트는 강진구에서도 고급 아파트 단지로 통했다. 특히 교서아파트 3단지는 교서중학교와 교서고등학교를 끼고 있는 데다 2단지와 3단지 사이에 유명 학원이 경쟁하듯 자리를 잡고 있어서

중고등학생 자녀를 둔 부모들이 유독 탐을 냈다.

"어, 이사 오나 보다!"

아파트 정문을 지나 309동 방향으로 걸음을 옮기다가 수연이 대뜸 소리를 질렀다. 수연의 말대로 309동 앞에는 큼지막한 이삿짐 차가 버티고 있었고, 그 옆에 세워 둔 사다리차는 301호 창틀에 고정되어 있었다.

"이모할머니 짐은 다 뺀 거야?"

윤아가 수연에게 물었다. 수연은 시무룩한 얼굴로 고개를 끄덕였다.

교서아파트 309동 301호에는 수연의 이모할머니가 살았다. 수연의 이모할머니는 젊은 나이에 남편을 잃고 혼자 살면서 자그마한 수예점을 했는데, 솜씨가 좋아서 알음알음으로 찾아오는 손님이 많았다. 40년이 넘도록 같은 자리를 지키며 수예점을 이어 온 이모할머니는 10여 년 전, 수연네가 살고 있는 교서아파트 3단지로 들어왔다. 홀로 긴 시간을 견뎌 온 이모할머니에게 수연네는 마음을 내어 줄 만큼 의지가 되는 존재였다.

"어디, 병원으로?"

윤아가 다시 물었다. 이번에는 수연이 고개를 가로저었다.

"파주에 개인 짐 맡아 주는 창고가 있나 봐. 일단 거기로 보냈대."

수연의 목소리에 기운이 훅 빠졌다. 수연의 이모할머니는 두 달 전, 뇌경색으로 병원에 실려 갔다. 급하게 시술을 받았지만, 경과가 그리 좋지는 못했다. 한 달을 내리 병원에서 보낸 뒤 이모할머니는 요양 병원으로 거처를 옮겼다.

"할머니가 알면 서운해하시겠지?"

이삿짐 차로 슬금슬금 다가가며 수연이 혼잣말을 했다. 수연은 이모할머니가 다시 일어나실 거라고 굳게 믿고 있었다. 아니, 믿으려고 애쓰는 게 보였다.

"월세라더니, 저 가구들 좀 봐!"

수연이 목소리를 한 겹 접어 올리며 사다리차에 실려 301호로 올라가는 이삿짐들을 손가락으로 가리켰다.

"가구가 왜?"

윤아가 두 눈을 깜빡이며 수연을 보았다.

"저기, 소파랑 탁자 안 보여?"

수연이 301호를 향해 턱짓했다. 윤아는 힐끔 사다리차를 올려다보았다. 카키색 일인용 소파와 짙은 체리 색 탁자가 301호로 들어갔다.

"완전 싸구려."

수연이 툭 말을 뱉었다. 윤아가 물었다.

"잠깐 보고도 견적이 나와?"

"어, 바코드 딱 찍혀."

수연은 신기하리만큼 명품이나 고급 브랜드에 눈이 밝았다. 수연이가 입고 신고 메고 다니는 물건뿐 아니었다. 도로 위의 차 기종 맞히는 건 식은 죽 먹기보다 쉬웠고, 선생님이 입고 오는 옷이며 들고 다니는 가방은 물론 귓불에서 찰랑거리는 액세서리도 진짜인지 가짜인지 바로 알아봤다.

"청소기도 옛날 거네."

수연은 이삿짐 차에서 물건이 하나씩 나올 때마다 이러쿵저러쿵 말을 놓았다.

"야, 남의 집 물건에 신경 그만 쓰고……."

윤아가 그만 집으로 들어가겠다고 말하려던 찰나였다.

"어, 301호 애인가?"

수연이 성큼성큼 309동 출입문 쪽으로 다가갔다. 윤아와 수연 또래의 여자애 하나가 출입문 옆에 있는 기둥에 기대 선 채 영어 단어장을 들여다보고 있었다. 아이는 낯선 교복을 입고 있었다.

"야!"

수연이 그 애를 불렀다. 그 애는 놀란 듯 눈을 크게 뜨고
수연을 보았다.

"너 301호에 이사 오는 거야?"

수연은 거침없었다. 그 애는 뻘쭘한 듯 입을 오물거리더
니 보일락 말락 고개를 끄덕였다.

"거기 우리 이모할머니 집이었는데!"

수연이 벙싯 웃으며 목청을 높였다. 그 애는 얕게 '아!'
탄성을 뱉었다.

"너희 월세로 들어온 거 맞지?"

수연이 다짜고짜 물었다. 윤아는 얼른 그 애를 쳐다보았
다. 아니나 다를까, 얼굴이 벌게져 있었다.

"야, 변수연!"

윤아가 수연의 팔을 획 잡아챘다. 수연이 왜 그러냐는
듯 얼굴을 찌푸렸다.

"뭘 그런 걸 물어?"

윤아가 수연을 타박했다.

"야, 이 집 월세로 우리 이모할머니 병원비 내야 한다
고!"

수연이 윤아에게 소리쳤다.

"알아, 그래도!"

윤아가 눈살을 찌푸리며 수연을 말렸다. 그러고는 그 애를 향해 고개를 돌렸다.

"나는 여기 1101호에 살아. 교서중 3학년이고."

윤아가 차분하게 인사를 건넸다. 그러면 그 애도 뭐라고 대꾸를 할 줄 알았다. 아니면 수연에게 버럭 화를 내던가. 하지만 아이는 슬그머니 몸을 돌려 버렸다. 마치 윤아와 수연을 보지 못한 것처럼 표정 없는 얼굴로.

"야, 너 301호에 이사 온 거 아니야?"

수연이 그 애를 잡았다. 그 애는 신경질적으로 수연의 손을 뿌리쳤다. 수연이 무안한 듯 윤아를 보았다. 윤아는 입을 꾹 다문 채 턱짓으로 수연이 살고 있는 310동을 가리켰다. 그냥 가라는 압박이었다.

"말을 못 하는 애인가……."

수연은 그 애를 아래위로 훑어보고는 입을 삐죽이며 몸을 돌렸다. 그러거나 말거나, 그 애는 이삿짐 차 뒤편으로 물러서서 영어 단어장에 머리를 박았다. 얼핏 보이는 단어장 표지 색깔로 미루어 볼 때 그 애는 중학교 3학년, 그러니까 윤아, 수연과 동갑내기인 것 같았다. 그렇다면 저 애는 교서중학교로 전학 올 것이다. 윤아는 어쩐지 까칠해 보이는 저 애와 무슨 일이든 거침없는 수연이 학교에서 마주치는 일이 없길 바랐다. 잠깐이었지만 둘이 마주했던 시간이 구겨 신은 신발처럼 불편했다.

"응, 교서아파트로 왔지. 3단지."

윤아가 출입문을 지나 엘리베이터로 다가가는데 낯선 아주머니가 누군가와 통화를 하며 윤아의 곁을 휙 지나쳤다. 윤아는 몸을 돌려 아주머니를 보았다. 301호에 새로 들어오는 아주머니인 듯했다. 통화 내용이 그랬다. 출입문을 지나며 아주머니는 까르르 웃었다.

"아유, 여기에서 잘해야 진짜지."

아주머니는 허공에 손을 저으며 목청을 높였다. 아주머니 앞으로 아까 그 애가 다가갔다. 그 애의 엄마구나, 윤아는 생각했다. 마른 체구에 옅은 쌍꺼풀이 닮아 있었지만, 풍기는 분위기가 전혀 달랐다. 불쑥 윤아의 엄마가 떠올랐다. 윤아의 엄마도 윤아와는 많이 다른 사람이었다.

윤아의 엄마는 공부를 굉장히 좋아했다. 윤아의 기억 속에 엄마는 늘 책상 앞에 앉아서 책을 팠다. 밥을 먹을 때에도 엄마는 엄마가 공부하고 있는 분야에 관해서 이야기하기를 좋아했다. 엄마가 공부하는 분야는 어린이·청소년 심리학이었고, 지금은 강진구 청소년 심리상담센터에서 상담사로 일하고 있다. 그리고 윤아의 언니, 진아는 엄마를 그대로 빼닮았다. 진아는 어려서부터 공붓벌레로 통했고 그만큼 뛰어난 성적을 받아 왔다. 그 때문에 공부에 관한 엄마와 아빠의 관심은 온통 진아에게로 집중되었다. 윤아로서는 굉장히 고마운 일이었다.

엘리베이터가 11층에서 멈췄다. 윤아는 터덜터덜 1101호로 다가가 도어 록을 열었다. 별생각 없이 현관에 들어서는데 진회색 운동화가 눈에 뜨였다. 진아의 운동화였다.

"어, 언니 있어?"

윤아는 두리번거리며 거실에 발을 디뎠다. 오후 4시, 고등학교 2학년인 진아가 집에 있을 시간은 아니었다. 하지만 분명히 아침에 신고 나간 진아의 운동화가 현관에 있었다. 윤아는 진아의 운동화가 반가웠다.

"언니!"

윤아는 나풀나풀 걸어가 진아의 방 문고리를 잡았다. 방문은 굳게 잠겨 있었다.

"언니?"

윤아는 방문에 귀를 바짝 갖다 댔다. 진아의 방에서는 아무런 기척이 없었다.

"언니, 안에 없어?"

윤아는 진아의 방문을 요란하게 두드렸다.

"……있어."

드디어 진아의 목소리가 들렸다.

"머리 아파서 잠깐 온 거야. 조금 있다 갈 거니까 신경 쓰지 마."

진아는 짧게 말을 끊었다.

"그래도……."

윤아는 진아와 이야기를 나누고 싶었다. 진아가 고등학교에 들어가고 난 뒤로 진아와 제대로 이야기를 나눈 기억이 없었다. 그래서 진아의 운동화가 반가웠는데, 지금 진아를 방해할 순 없을 듯했다. 윤아는 반짝 피어난 반가움을 스르르 접었다.

월세 신고식

혜리는 자세를 고쳐 잡고 영어 단어장에 눈을 돌렸다. 하지만 하나도 머릿속에 들어오지 않았다. 오늘 아침부터 아니, 이사 이야기가 나오던 석 달 전부터 내내 그랬다. 이사와 함께 혜리의 마음이 붕 떠 버린 느낌이었다. 새로운 곳에 왔다는 설렘보다 걱정과 불안이 더 컸다.

"푸우우!"

혜리는 고개를 탈탈 흔들며 입을 털었다.

'너희 월세로 들어온 거 맞지?'

처음 보는 아이가 대뜸 그렇게 물었다. 뭐지? 여기 아이들은 다 저따위인가? 예의가 없었다. 그러니 혜리도 예의를 차릴 필요는 없었다. 강렬하게 반발심이 일었고, 절대로 대꾸하고 싶지 않았다. 완벽하게 무시하고 싶었다. 하지만 그 아이의 목소리가 혜리의 마음을 흔들었다.

'진짜로 월세인가?'

혜리는 매매과 임대 그리고 전세와 월세에 대해서 찾아본 적이 있다. 이사를 준비할 무렵, 엄마와 아빠의 입에 계속 오르내리던 단어였기 때문이다. 물론 혜리 앞에서 대놓고 매매니 대출이니 이야기를 나눈 것은 아니었다. 오며 가며 대충 주워들은 이야기에 그런 단어들이 툭툭 끼어 있었다.

'설마, 아니겠지…….'

만약 월세라 해도 그게 잘못도 아니고, 그 아이의 무례함이 정당해질 수 있는 이유도 아니었다. 혜리의 기분은 영 나아지지 않았다.

"혜리야, 이제 들어가자!"

엄마가 혜리의 어깨를 잡으며 활짝 웃었다. 엄마 얼굴에 근심은 없어 보였다. 그나마 마음이 놓이는 구석이었다.

"선생님이랑 애들한테 인사는 잘 했어?"

교서아파트 309동 출입문을 지나며 엄마가 물었다. 혜리는 맥없이 고개를 끄덕였다.

오늘 아침, 애문아파트에 이삿짐센터 사람들이 들이닥쳤을 때, 혜리는 서둘러 가방을 둘러메고 집을 나섰다. 애문아파트, 그리고 애문중학교에서의 마지막 순간이 마침내 닥친 것이었다. 혜리는 마음이 착잡했다. 그저 집을 옮기고 학교를 바꾸는 단순한 문제가 아니었다. 혜리에게는 10여 년 동안 정들었던 모든 것과 작별을 해야 하는 순간이었다.

애문중학교 3학년 7반에서 마지막 수업을 듣고, 초등학교 때부터 내내 붙어 다니던 민서와 학교 앞 원조길떡볶이 집에서 떡볶이와 어묵 국물을 앞에 두고 마주 앉았다.

"그 동네 엄청 좋은 동네잖아."

새빨간 떡볶이를 입에 넣으며 민서가 말을 건넸다. 혜리는 떡을 질겅질겅 씹으며 민서의 말을 삼켰다. 교서동에 대한 이야기는 엄마에게서도 귀에 못이 박힐 만큼 들었다. 비싼 동네라서 애문동 집을 팔고 교서동에 임대로 들어가려는 걸까? 문득 그런 생각이 들었다.

"거기 살면 스카이는 기본으로 간다던데."

"에이, 아냐."

혜리는 민서가 건네는 말을 무심하게 툭 튕겨 냈다. 하지만 민서는 눈을 크게 뜨고 도리질까지 해 가며 사실이라고 했다.

"그래서 공부 좀 한다는 애들은 다 그 동네로 가잖아. 사실 너도……."

말을 하다가 민서는 입을 꾹 다물었다. 그러고는 힐끗 혜리의 눈치를 살폈다. 혜리는 모르는 척 어묵을 집었다. 애문중학교 아이들도 다 알고 있었다. 혜리네 집이 혜리의 대학 진학 때문에 교서동으로 이사 간다는 사실을.

쓸쓸한 마음으로 민서와 헤어져 교서동으로 향하는 버스에 올랐다. 50분가량 달린 버스가 교서동으로 들어섰다. 널찍한 도로를 사이에 두고 양옆으로 고층 건물이 즐비했다. 눈에 보이는 것은 거의 대부분 학원과 교습소였다. 애문동과는 다른 세상으로 진입한 기분이었다. 혜리의 심장이 바짝 조였다.

엄마가 일러 준 대로 교서아파트 3단지 앞에서 하차해 309동을 찾았다. 아직 이삿짐이 남아 있는지 309동 앞에는 이삿짐 차와 사다리차가 나란히 세워져 있었다. 혜리는 터벅터벅 걸음을 옮겨 이삿짐 차로 다가갔다. 거실에 놓일 짐 몇 개가 쌓여 있었고, 엄마는 보이지 않았다. 301호로 올라가려고 출입문에 다가서는데 엄마가 나왔다.

"아, 잘 찾아왔네?"

엄마가 안쪽에 빨간 칠이 되어 있는 목장갑을 낀 손으로 이마에 흘러내린 머리카락을 쓸어 올리며 혜리를 맞았다.

"포장 이사라서 금방 끝난다더니 아직이야?"

마음과는 다르게 혜리의 말이 퉁명스럽게 튀어 나갔다.

"응, 생각보다 더디네. 그래도 금방 끝날 거니까 여기에서 조금만 기다려."

엄마가 출입문 쪽을 가리켰다. 출입문 위쪽에는 해와 비를 가릴 수 있는 캐노피가 널찍하게 드리워져 있었다. 혜리는 캐노피 아래 기둥에 기대어 선 채 영어 단어장을 꺼냈다. 이삿짐 정리가 마무리되는 동안 멍하니 있을 수는 없었다.

'그때 그냥 집으로 들어가 버릴걸.'

어정쩡하게 서 있다가 그 애를 만났다. 초면에 월세를 들먹이는 개념 없는 애를. 붉은 기운이 확 끼쳤다. 혜리는 얼굴을 팍 구겼다.

"엄마가 같이 갔어야 했는데 미안해."

엘리베이터 앞에서 엄마가 말했다. 혜리는 괜찮다고 했다. 엄마는 집을 옮기는 큰일을 혼자 감당하고 있었다. 이사에 무심하던 아빠는 오늘도 회사에 나갔다.

21층에서 내려온 엘리베이터에서 빨간 원피스를 입은 아주머니가 내렸다. 엄마는 습관적으로 빨간 원피스 아주머니에게 고개를 숙였다. 아주머니는 힐끗 엄마를 쳐다보고는 쌩하니 고개를 돌렸다.

"어머, 이 동네 사람들은 이웃끼리 인사도 안 하나……."

무안했는지 엄마 얼굴이 벌게졌다. 혜리는 못 본 척 엘리베이터에 올랐다.

"집이 애문동 집보다는 조금 작아. 알고 있지?"

3층 버튼을 누르고, 엄마가 말했다. 이사할 집을 정하고 나서부터 100번쯤 들은 말이었다. 혜리는 고개를 끄덕이고 엘리베이터 계기판을 올려다보았다. 교서아파트 309동은 24층짜리 고층 아파트였다. 층마다 여섯 개의 집이 있으니 309동 하나에만 150가구 가까이 살았다. 어마어마하게 큰 아파트 단지라더니 과연 놀라웠다. 전에 살던 애문 아파트는 한 개 동에 50가구 정도가 살았다. 12층 높이에 한 층에 거주하는 가구 수도 네 개가 전부였고, 전체 동 수도 세 개에 불과했다. 그런데 이곳 교서아파트는 3단지에만 열일곱 개 동이 있다. 어마어마하게 크다는 말이 뭔지 실감 났다.

딩동.

엘리베이터가 멈췄다. 혜리는 엄마를 쫓아 엘리베이터에서 내렸다. 동시에 엄마 핸드폰에 벨이 울렸다.

"네, 지금 바로 와 주세요. 309동 301호예요."

집에 누가 또 오는 모양이었다. 혜리는 고개를 저었다. 간단할 거라고 하더니 생각보다 시간이 걸릴 것 같았다.

"인터넷 연결하러 온대. 아무래도 그게 제일 급하니까."

엄마는 잰걸음으로 301호 현관문을 열었다. 혜리도 엄마를 쫓아 301호로 들어갔다. 자그마한 현관 너머로 아직 정리되지 않은 물건들이 산더미처럼 쌓여 있었다.

"이거 다 정리해 주고 가는 거 아니었어?"

신발을 신은 채 집 안에 들어서며 혜리가 소리를 높였다.

"부엌이 생각보다 더 좁아서 물건이 다 안 들어가더라."

엄마가 현관 앞에 쌓아 놓은 상자를 부엌 쪽으로 끌고 가며 대꾸했다. 혜리는 또 '푸우.' 한숨을 뱉었다.

"엄마가 천천히 할 테니까 걱정하지 말고 넌 이리로 와. 여기가 네 방이야."

엄마가 부엌 안쪽에 있는 방을 가리켰다. 혜리는 부엌에 들어차 있는 상자를 비켜 가며 엄마가 일러 준 방으로 들어갔다. 애문동에서 쓰던 연분홍색 침대와 화장대, 서랍장이 방을 가득 채우고 있었다.

"좁아도 들어갈 건 다 들어갔으니까 괜찮지? 아, 옷장은 버리고 왔어. 여기 붙박이장이 있어서."

엄마가 침대 아래쪽 벽에 붙어 있는 붙박이장을 열어 보였다. 붙박이장도 이전에 혜리가 쓰던 옷장보다 작고 좁았다. 옷장 가득 혜리의 옷이 빽빽했다. 숨 쉴 공간을 잃어버린 듯했다.

"공부방은?"

"저기 현관 앞에."

엄마가 현관 앞에 있는 방을 가리켰다. 혜리는 다시 어슬렁거리며 현관 앞으로 다가왔다. 그때 인터폰이 울렸다. 인터넷 연결 기사가 도착했다.

"컴퓨터는 이쪽에 있고요, 텔레비전은 어차피 안 볼 거라서요……."

엄마가 인터넷 연결 기사에게 혜리의 공부방을 안내했다.

"이 동네 분들은 텔레비전은 잘 안 보시더라고요."

인터넷 연결 기사는 별스럽지 않은 듯 엄마의 말을 받아넘겼다. 그러고는 자연스럽게 혜리의 공부방으로 들어갔다. 문 앞에서 혜리는 공부방을 힐끔 쳐다보았다. 양쪽 벽면에는 천장까지 닿을 듯 키 큰 책꽂이가 자리를 잡았고, 창문 아래에는 컴퓨터와 프린터가 놓여 있었다. 그리고 가운데 책상으로 쓰는 탁자가 있었다. 가구의 배치는 이전 집이랑 다를 바가 없었다. 다만 집이 좁아져서 방에 여유 공간이 전혀 보이지 않았다.

"따님이 공부를 잘하나 봐요."

인터넷 연결 기사가 컴퓨터에 라인을 연결하며 한마디

를 툭 던졌다.

"어머, 어떻게 아셨어요? 어디 적어 놨나?"

엄마가 헤실헤실 웃으며 컴퓨터 주위를 두리번거렸다. 방문 앞에서 혜리는 눈살을 찌푸렸다. 기사가 혜리를 힐끔 쳐다보고는 엄마에게 말했다.

"자녀분 나이대에 교서동 3단지로 들어오면 뻔하죠."

"그렇죠? 다들 교서동으로 들어가서 제대로 케어하라고 해서요. 좀 늦었죠."

엄마는 자랑인 듯 아닌 듯 애매한 말투로 대꾸했다.

"늦기는요, 여기가 마음먹는다고 다 들어올 수 있는 곳도 아니잖아요. 진정한 능력자이십니다. 부럽습니다."

인터넷 연결 기사가 엄지손가락을 들어 올리며 엄마를 추켜세웠다. 엄마는 만족스러운 얼굴로 기사에게 음료수를 건넸다. 이삿짐센터 아저씨들에게 나눠 주던 이온 음료였다. 작업을 마친 기사는 이온 음료를 가방에 챙겨 넣었다. 그러고는 혜리에게도 엄지손가락을 들어 올렸다. 교서동 아파트 단지에서 작업을 하며 몸에 밴 습관 같았다. 혜리는 못 본 척 고개를 돌렸다.

"잘 연결이 됐는지 좀 볼까……."

엄마는 거실 소파에 앉아 노트북을 펼쳤다.

혜리는 집 안을 휘 둘러보았다. 엄마 말대로 집은 애문아파트보다 많이 작았다. 애문아파트에서 쓰던 가구나 물건들 대부분이 엇비슷한 위치에 자리를 잡고 있는데 여유 공간이 없었다. 좁고 답답한 기운이 사방에서 뿜어져 나왔다.

"아, 찾았다! 혜리야, 이것 좀 볼래?"

엄마가 환한 얼굴로 혜리를 불렀다. 혜리는 뚱한 얼굴로 엄마 옆에 앉았다. 엄마가 들이민 노트북 화면 상단에는 '교서맘 모여라!'라는 유치한 글자가 큼지막하게 박혀 있었다.

"여기 엄마들 커뮤니티 카페야. 교서동 주민만 가입할 수 있대. 입시 정보도 많이 올라오더라고. 아유, 이것 좀 봐. 학원 정보도 쫙 떠 있네!"

엄마는 새로 산 장난감을 구경하는 아이처럼 천진한 얼굴로 카페를 들여다보았다. 혜리는 엄마를 빤히 쳐다보다가 자리에서 벌떡 일어났다. 순간 낯선 아이의 물음이 떠올랐다.

"엄마, 우리 여기에서 월세로 살아?"

혜리의 물음에 엄마는 스르르 고개를 들었다. 혜리는 엄마의 눈동자가 옅게 흔들리는 걸 놓치지 않았다.

"월세든 뭐든 넌 신경 쓸 것 없어. 공부만 잘하면 돼."

엄마는 단호하게 말을 맺더니 노트북을 덮었다. 그러고는 다시 목장갑을 끼고 부엌으로 들어갔다. 엄마는 여전히 할 일이 많아 보였다.

#첼로그램

삐리리리 삐빅–

알람이 울렸다.

"오늘은 여기까지."

레슨 선생님은 칼같이 종료 시각을 지켰다. 연주가 악보 중간에서 끊겼다.

'진짜 정 없어.'

수연은 속으로 구시렁거리며 첼로 보디에서 활을 뗐다. 어차피 첼로를 더 잡고 있을 마음도 없었다.

"악기 정리하고 나와."

레슨 선생님은 첼로 교습 교재를 들고 강습실을 나갔다. 수연은 첼로를 거치대에 얹고 활을 고리에 걸었다. 오늘따라 첼로의 오렌지색 바니시가 매끈해 보였다. 수연은 뒤로 몸을 빼고 첼로를 바라보았다. 원장님이 새로 마련한 첼로라고 자랑하더니 수연이 보기에도 예뻤다. 집에 있는 수연의 첼로보다는 못하지만.

"연습용 첼로가 이 정도면 근사하지."

수연은 가방에서 핸드폰을 꺼냈다. 그리고 첼로를 배경으로 셀카 모드에 들어갔다.

찰칵찰칵 찰칵. 촬영 버튼을 누를 때마다 수연은 얼굴을 요리조리 돌려 가며 표정을 바꿨다. 오른쪽 왼쪽 고개도 돌려 보고, 양 볼에 빵빵하게 바람을 넣었다. 어떤 포즈의 사진이 마음에 들지 알 수 없으니 최대한 여러 장 찍어 놓아야 했다.

사진 촬영이 끝나고 수연은 그 자리에서 갤러리를 열었다. 방금 찍은 열한 장의 사진 중에 마음에 드는 게 있었다. 수연의 얼굴은 물론, 배경으로 삼은 첼로도 제대로 나왔다. 수연은 인스타 계정을 열어 방금 찍은 사진을 업로드했다.

variable_08 새로 들어온 연습용 첼로. 친해지자 우리!
#오연완 #첼로 #첼로레슨 #첼로그램 #일상 #소통 #교서동

수연의 인스타 계정에는 500명이 조금 넘는 팔로워가 있었다. 하지만 수연의 피드에 반응을 보이는 팔로워는 고작 50명 남짓이다. 그나마 첼로와 연관된 피드를 올렸을 때 100여 명의 팔로워가 좋아요를 눌렀다. 지금 올린 피드에도 아마 비슷한 숫자의 좋아요가 찍힐 것이었다.

'조금 더 괜찮은 아이템이 없을까?'

혼자 머리를 굴리며 가방을 정리하는데 강습실 문이 열렸다. 다음 수강생이 들이닥친 것이었다. 수연은 부리나케 강습실을 빠져나왔다.

"아, 아직 안 갔구나? 원장님이 잠깐 보고 가래."

레슨 선생님이 강습실로 다가오며 수연에게 말했다. 수연은 연분홍색 슬링백을 어깨에 걸고 3층으로 내려왔다. 원장실은 3층 입구 안쪽에 있었다.

"연습은 어땠어? 새 첼로 소리 괜찮지?"

창가 책상 앞에 앉아 있던 원장님이 자리에서 일어나 갈색 소파로 다가왔다. 수연은 고개를 끄덕이며 소파 한쪽에 자리를 잡았다. 원장님도 수연의 앞에 마주 앉았다.

"연습용으로 쓰기에는 좀 아까운 애야."

원장님이 목소리에 힘을 넣었다. 칭찬을 갈구하는 목소리였다.

"원장쌤만큼 악기에 진심이신 분은 없을 거예요."

수연은 원장님이 듣고 싶어 하는 말을 아낌없이 던졌다. 그래도 원장님은 샐쭉한 얼굴이었다.

"그럼 뭐하니. 이 동네 정도면 첼로 강습실이 차고 넘칠 줄 알았는데 생각보다 잠잠해. 영어, 수학 학원은 대기 인원도 어마어마하다면서?"

원장님은 푸념을 늘어놓더니 수연의 손을 덥석 잡았다.

"주위에 소문 좀 더 내 줘. 알지?"

"당연하죠. 아까 전에 인스타에도 올렸어요!"

수연은 조금 전에 업로드한 피드를 내밀어 보였다. 원장님은 이왕이면 학원 이름도 태그해 달라고 했다. 수연은 곧장 게시물을 수정했다. 원장님이 만족스러운 듯 고개를 끄덕였다.

"학원 홍보해 달라고 찾으신 거예요?"

수연이 물었다. 원장님은 전에도 비슷한 일로 수연을 찾곤 했다. 별스러운 일이 아니었다. 하지만 원장님은 고개를 저었다. 그러고는 앞도 뒤도 없이 대뜸 물었다.

"요새 집에 무슨 일 있어?"

"네?"

수연이 의아한 표정으로 원장님을 보았다.

"보니까 수연이가 첼로 배우는 걸 싫다고 한 것 같지는 않고⋯⋯."

원장님은 묘하게 말을 흐렸다. 수연이 무슨 말이냐고 당차게 물었다.

"어머니가 조금 전에 연락을 주셨어. 다음 달부터 첼로 강습 빼겠다고."

"제 강습을요?"

수연이 눈을 휘둥그레 떴다. 엄마에게서 들은 이야기가 전혀 없었다. 원장님은 수연을 보며 고개를 끄덕였다. 수연은 얼굴을 찌푸리며 고개를 갸우뚱 기울였다.

"일단 어머니께 알겠다고는 했는데, 수연이가 몰랐던 거면……."

"다닐 거예요!"

수연이 원장님의 말을 툭 잘랐다.

"그렇지?"

원장님의 얼굴에 미소가 번졌다.

"엄마가 뭘 착각했나 봐요. 계속 다닐 거니까 걱정하지 마세요."

수연이 야무지게 말을 맺었다. 원장님은 알겠다며 자리에서 일어났다. 수연도 원장님께 인사를 건네고 원장실을 빠져나왔다. 그리고 곧장 엄마에게 전화를 걸었다.

"왜?"

전화기 너머에서 엄마가 물었다. 수연은 당황스러웠다. 수연의 전화에 다짜고짜 왜라고 묻는 경우는 처음이었다.

"엄마, 바빠?"

"응, 왜?"

엄마는 정신이 없는 듯했다. 말투에서 조급함이 느껴졌다.

"이따 얘기할게."

수연은 전화를 끊었다. 지금은 그래야 할 것 같았다. 첼로 학원 문제는 집에 가서 얘기해야겠다고 생각했다. 어차피 수연이 다니겠다고 하면 엄마는 곧장 그러라 할테니까. 지금까지 한 번도 안 된다고 한 적이 없었다.

첼로 학원을 나섰다. 노을 진 하늘이 빌딩 유리창을 짙은 분홍색으로 물들이고 있었다. 수연은 다시 핸드폰을 열어 눈앞에 펼쳐진 세상을 카메라에 담았다. 세상이 온통 분홍색으로 물드는 날은 손에 꼽을 정도로 귀했다. 이 순간을 사진으로 남기고 싶었다. 수연의 입꼬리가 배시시 올라갔다. 이런 날은 집까지 걸어서 가도 괜찮을 것 같았다.

수연은 이어폰을 귀에 꽂고 음악 스트리밍 앱을 열었다. 음악을 재생하고, 걸음을 옮기며 인스타를 살폈다. 20분 전쯤 올린 피드에 50개가 넘는 좋아요가 찍혔다. 오렌지색 바니시의 새 첼로 덕분이었다.

> k.linlin 조오오온예♡ 첼로가 정수연빨 받네
> beautiful_joo 첼로 여신~ 데뷔 언제 하냐고~

서린과 유주는 수연의 피드에 가장 격렬하게 반응했다. 둘은 수연과 같은 학교에 다녔고, 수연처럼 성적에는 크게 관심이 없었다. 어찌 보면 윤아보다 서린과 유주가 수연과 더 잘 맞았다. 수연은 빙시레 웃으며 서린과 유주의 댓글에 하트를 눌렀다.

오케스트라가 대기하고 있는 무대에 연분홍 드레스를 곱게 차려입고 등장하는 수연의 모습이 그려졌다. 객석을 가득 메운 사람들은 뜨거운 박수로 수연을 연호하고, 연미복을 입은 백발의 지휘자는 정중하게 수연을 맞이한다. 상상만으로도 수연의 가슴은 두근두근 설렜다.

수연이 첼로를 잘 켜고 못 켜고는 나중 문제였다. 드레스, 무대, 꽉 찬 객석의 박수. 이 세 가지면 충분했다. 사실 첼로는 수연에게 다소 버거웠다. 그래도 머리에 들어오지도 않는 영어나 수학, 과학을 하루에 두세 시간씩 들여다보고 있는 것보다는 훨씬 나았다. 수연은 첼로를 배우기 시작하면서 과학 학원을 그만뒀다. 일주일에 두 번씩 가야 하는 영어와 수학 학원은 그냥 다니기로 했다. 그곳에 가야 친구들을 만날 수 있기 때문이었다.

이어폰에서 흘러나오는 음악을 흥얼거리며 터덜터덜 걸었다. 그새 분홍빛 하늘은 자취를 감추고 사방에는 어스

름이 깔렸다. 수연은 310동 출입문을 지나 807호 도어 록
에 비밀번호를 꾹꾹 눌렀다.

"아, 지금 와?"

엄마가 허둥거리며 현관으로 달려왔다. 한 손에는 핸드
폰을 쥐고 있었다.

"통화 중이었어?"

수연이 엄마를 흘깃 쳐다보며 물었다.

"아아니, 통화는 무슨."

엄마는 아무렇지 않은 척 몸을 돌렸다. 하지만 수연의
눈에는 영 어색해 보였다. 무엇인가 숨기고 있는 것만 같
았다.

"엄마!"

수연은 현관에서 거실까지 길게 나 있는 복도를 따라 걸
으며 엄마를 불렀다.

"왜?"

엄마가 고개를 돌려 수연을 보았다. 어딘가 멍해 보였
다.

"무슨 일 있냐고."

수연이 엄마를 보며 눈썹을 찌푸렸다.

"아니라니까 그러네."

엄마는 뒷머리를 만지작거리며 부엌으로 들어갔다. 그러고는 뭐 먹을 거냐고 물었다. 수연은 주방 옆에 걸려 있는 벽시계를 보았다. 오후 7시가 다 되어 가는 시간, 이맘때면 수연네는 늘 저녁을 먹었다.

"아줌마는?"

일하는 아주머니가 보이지 않았다. 수연은 가방을 방에 던져 두고 다시 부엌으로 나왔다.

"응, 집에 일이 생겨서 당분간 못 나온대."

엄마가 헛헛한 목소리로 답했다.

"으악, 그럼 어떡해?"

수연이 식탁 의자에 앉으며 얼굴을 찡그렸다.

"뭘 어떡해. 엄마가 하면 되지. 저녁 뭐 먹을래?"

엄마는 수연과 눈도 마주치지 않고 비어 있는 듯한 말만 툭툭 던졌다. 무엇인가 수연에게 숨기려는 게 분명해 보였다. 이럴 때는 그냥 모르는 척하는 게 좋을 것 같았다.

"시켜 먹자."

수연은 식탁 앞에 앉아 핸드폰을 쥐고, 배달 앱을 열었다. 엄마도 그러자며 수연 앞에 앉았다. 그러고는 얕게 숨을 뱉었다. 수연은 핸드폰 너머로 엄마를 살폈다. 엄마는 고개를 푹 숙인 채 한 손으로 뒷머리를 어루만졌다. 머릿속이 복잡할 때 나오는 엄마의 습관이었다. 그리고 엄마는 엄마의 복잡한 머릿속을 수연에게 내보이지 않았다. 이번에도 그럴 것이었다. 수연은 그냥 모르는 척 배달 앱에서 카레 전문점을 찾아 엄마와 자주 먹던 메뉴를 고르고, 결제 버튼을 눌렀다. 주문은 금세 접수되었다.

"씻고 나와."

엄마가 정신을 차리려는 듯 자리에서 일어났다. 수연은 가방을 풀어 놓고 옷을 갈아입었다. 그러는 새 배달 음식이 도착했다.

"음, 맛있겠다!"

수연은 식탁에 카레를 올려놓으며 소란을 떨었다. 엄마가 숟가락을 내어 주며 빙긋 웃었다. 이제 마음이 좀 가라앉은 듯 보였다.

"엄마! 나 첼로 그만둬?"

카레를 한 숟가락 삼키고, 수연이 엄마에게 물었다.

"음, 그게……."

말을 하다 말고, 엄마는 물을 한 모금 마셨다. 그러고는 숟가락질하며 대수롭지 않은 듯 말했다.

"너 첼로 별로 좋아하지도 않잖아."

"내가?"

수연이 다시 물었다. 엄마가 수연과 눈을 맞췄다.

"반년이 넘도록 레슨을 받는데 스즈키 1권도 못 떼는 거면 재능이 없는 거래."

"누가 그래?"

수연의 입이 불뚝 튀어나왔다.

"레슨 선생님이."

말을 마치고, 엄마는 카레를 입에 넣었다. 수연은 '허!' 숨을 뱉었다. 레슨 선생님은 원장님과 달랐다. 실력이 통 늘지를 않는다며 집에서 연습은 하느냐고 닦달했고, 이 정도 실력으로는 절대로 예고에 들어갈 수 없을거라고 장담했다. 물론 수연은 예고에 진학할 마음이 콩알만큼도 없었다. 그래도 수연은 첼로를 놓고 싶지 않았다. 레슨 선생님 때문이라면 더욱.

"그래도……!"

"그냥 그만둬. 가르치기 싫다는데 굳이 붙어 있을 이유가 없잖아."

엄마가 정색을 했다. 수연은 깜짝 놀라 엄마를 바라보았다. 엄마 얼굴에 장난기라고는 쌀알 한 톨만큼도 보이지 않았다. 레슨 선생님이 뭐라고 했기에 저러나 싶었다. 수연은 얌전히 숟가락을 잡았다. 일단은 엄마의 말을 들어야 할 것 같았다.

Bright Moon

깊은 밤, 자그마한 강의실에 문제 푸는 소리만 사각사각 들렸다. 선생님은 책상 사이를 오가며 초시계를 살폈다. 이전보다 긴장감이 더 팽팽해졌다. 다음 주로 다가온 3학년 1학기 중간고사 때문이었다.

"그만!"

선생님의 구령과 함께 아이들은 필기구를 내려놓았다. 뒷줄에 앉은 아이가 앞쪽으로 답안지를 넘겼다. 앞자리 아이들은 답안지를 추슬러 선생님에게 내밀었다.

"자리 정리하세요."

선생님은 답안지를 책상에 펼쳐 놓고 눈으로 쭉 훑었다. 그러는 새 아이들은 가방에 교재를 챙겨 넣었다. 재잘재잘 떠드는 소리도 없었다. 저녁 7시부터 밤 10시까지 세 시간 동안 이어지는 수학 수업에 아이들은 온몸의 기운을 다 쏟아 낸 듯했다.

"답안지 챙겨 가자."

그새 채점을 마친 선생님이 아이들에게 답안지를 돌려

줬다. 윤아는 뻑뻑한 눈을 비비고, 답안지를 받았다. 여섯 문제 중에 세 문제를 틀렸다.

"심화 문제였으니까 어렵긴 했을 거야. 그래도 다 맞은 친구가 없는 건 좀 아쉽다."

말 그대로 선생님 얼굴에 아쉬움이 번졌다.

"너무 어려웠어요."

"이런 건 시험에 안 나와요."

그제야 아이들은 불평을 늘어놓았다. 그러지 않으면 선생님은 또 과하다 싶을 만큼 많은 과제를 내밀 것이기 때문이다.

"얘들아, 너희 다음 주면 중간고사잖아. 이 정도로……."

선생님 말이 끝나기도 전에 아이들은 앓는 소리를 해 댔다. 윤아도 푸우 한숨을 흘렸다. 중간고사. 생각만 해도 눈앞이 캄캄하고 머리가 어질거렸다.

"앞으로 남은 4년이 너희들의 인생을 좌우하는 거야!"

선생님의 말에 윤아의 머릿속에서는 퉁탕거리며 지진이 일었다. 도대체 인생이라는 게 뭔데 중고등학교의 4년으로 흔들리는 걸까. 그렇게 줏대 없이 흔들리는 게 인생이라면 열심도 의미 없지 않나.

밤 10시, 선생님의 잔소리 끝에 만성학원 수학 수업이 끝났다.

"윤아야!"

뒷문으로 나서는데, 수연이 빼꼼 얼굴을 내밀었다. 수연도 만성학원에 다니긴 했지만 수업을 듣는 반이 달랐다.

"지겨워 죽는 줄!"

복도를 걸으며 수연이 입을 삐죽 내밀었다.

"나도!"

윤아가 맥없이 웃으며 수연을 보았다.

"와, 너도?"

수연의 목청이 쨍하니 커졌다.

"허, 그럼 뭐 나라고 이 시간까지 공부하는 게 좋겠냐."

윤아가 수연을 보며 눈을 흘겼다.

"공부봇이라 안 힘든 줄 알았지. 허윤아, 삐빅, 사람입니다."

수연이 윤아의 이마에 바코드 찍는 시늉을 하며 키득거렸다.

"야, 잠깐만!"

수연의 옆으로 혜리가 비껴갔다. 혜리는 윤아와 같은 반에서 수학 수업을 들었다.

"쟤 임혜리 아냐? 알은척도 안 하는 것 좀 봐."

수연이 혜리의 뒤통수를 바라보며 입을 삐죽거렸다. 윤 아도 물끄러미 혜리를 쳐다보았다.

윤아의 바람과는 달리 학교에서 혜리는 윤아와 같은 반으로 들어왔다. 그러니까 수연과도 같은 반이 된 것이었다. 전학 온 첫날, 수연은 목청을 높이며 반갑게 혜리를 맞았다. 하지만 혜리는 수연에게 눈길 한 번 건네지 않고, 선생님이 정해 준 자리에 앉았다.

혜리는 굉장히 내성적인 아이인 듯했다. 혜리는 처음 짝꿍이 된 수희와 수희의 단짝, 예성하고만 다녔다. 수희와 예성이 어딘가에 가서 없으면 혜리는 자리에 붙박이처럼 앉아 교과서나 참고서를 읽었다. 혜리를 볼 때면 윤아는 진아가 생각났다. 진아도 딱 혜리랑 비슷했다. 교과서나 참고서 없이 딴짓을 하며 놀거나 그냥 멍하니 시간을 때우는 걸 본 적이 없었다.

"쟤, 공부 잘해?"

수연이 턱짓으로 혜리를 가리키며 윤아에게 물었다. 윤아는 으쓱 어깨를 들었다 내렸다. 학원에서 본 몇 번의 쪽지 시험으론 판단할 수 없었다.

"너랑 같은 반인 거 보면 잘하겠지."

수연이 심드렁하게 말하며 한숨을 뱉었다. 조금 전까지

생글거리던 얼굴은 사라지고 없었다.

투덜거리는 수연과 학원 밖으로 나왔다. 학원 앞에는 승용차가 즐비했다. 모두 학원에서 나오는 아이들을 기다리고 있는 차들이었다. 그중에는 혜리네 차도 있었다. 수연을 앞질러 바쁘게 가더니, 혜리는 하얀 승용차에 갇혀 있었다.

"집까지 걸어 봐야 15분도 안 걸리는데 쟤네 엄마도 참 정성이다."

수연이 혜리네 승용차를 쳐다보며 말을 붙였다. 윤아는 또 진아를 생각했다. 진아는 중학교에 다닐 때 이곳, 만성학원을 다녔다. 그때에도 중학생 수업은 10시에 끝났고, 시간에 맞춰 엄마나 아빠가 진아를 데리러 만성학원 앞에 왔다. 진아는 학원 수업이 끝나도 집으로 곧장 들어오지 않았다. 독서실로 가서 새벽 1시가 되도록 다시 공부에 매달렸다.

"집으로 안 가나 보지."

진아를 떠올리며 윤아는 수연의 말에 대꾸했다. 수연이 눈을 휘둥그레 뜨고 윤아를 보았다. 윤아는 진아의 경우를 수연에게 전했다. 수연의 눈이 점점 더 커졌다.

"진짜 독서실 가는 거? 뭔데 쟤, 전교 1등 할 거래? 진아 언니만큼 잘한대?"

"그럴지도 모르지."

윤아는 대수롭지 않게 답했다. 수연은 고개를 저었다.

"진아 언니는 P1반이었잖아. 너보다 한 단계 위!"

"야, 꼭 그렇게 짚어 줘야겠냐?"

윤아가 장난스럽게 수연의 말을 받았다.

"아, 쏘리. 쨌든 너나 걔나, 나랑은 어나더 클라스네. 잘났다!"

수연이 온몸을 흔들며 호들갑을 떨었다. 장난기가 득실득실했다. 윤아도 희미하게 웃으며 걸음을 옮겼다. 4월, 밤 10시를 넘긴 공기는 포근했다. 그리고 짙은 꽃내음이 섞여 있었다. 이렇게나마 밤공기를 맡으며 걸을 수 있다는 게 윤아는 좋았다.

309동 앞에서 윤아는 수연과 헤어졌다. 그리고 고개를 들어 하늘을 보았다. 밤하늘에 먹색 구름이 덮여 있고, 그 뒤로 달무리가 선명하게 빛났다. 윤아는 멍하니 달무리를 올려다보았다. 흥얼흥얼 노래가 흘러나왔다. 학원에 갇혀 있는 동안 머릿속에 맴돌던 노래였다.

"안 들어오고 뭐 해?"

익숙한 목소리가 다가왔다. 윤아는 얼른 고개를 돌렸다.

"아빠, 왜 내려왔어?"

"딸내미가 이러고 있는데 아빠가 어떻게 안 내려와 봐?"

아빠가 싱긋 웃으며 윤아를 보았다.

"내가 이러고 있는 게 보였어?"

윤아는 고개를 빳빳이 세워 11층을 찾았다. 아무래도 11층에서 윤아가 보였을 것 같지 않았다.

"일부러 나왔구나?"

윤아가 물었다. 아빠는 말없이 윤아의 가방을 들었다.

"아이고, 우리 막내딸, 어깨 빠지겠네."

아빠가 엄살을 부렸다.

"학원 가방이라 그나마 가벼운 거야."

윤아가 콧소리를 내며 아빠의 팔을 잡았다.

"할 만해?"

아빠가 집으로 향하며 물었다. 윤아는 하얗게 부서지는 달무리가 아까웠다. 조금만 더 바라보다가 들어가고 싶었다. 하지만 아빠는 빨리 집에 들어가 눕고 싶어 하는 눈치였다.

진아가 고등학생이 된 뒤로 진아의 스케줄은 더 바빠졌다. 대형 학원에서 수업을 듣는 것으로도 모자라 소규모의 그룹 과외와 일대일 과외를 병행했다. 거기에 수행 평가와 내신을 위한 학원도 따로 다녔다. 하루 종일 일을 하고 돌아온 엄마와 아빠는 다시 진아의 스케줄에 맞춰 저녁부터 새벽까지 차를 몰고 돌아다녔다. 처음에는 엄마가 진아의 기사 노릇을 자처했는데, 언제부터인가 아빠와 일주일씩 번갈아 가며 당번을 서기 시작했다. 그리고 진아의 당번을 서지 않는 날이면 엄마와 아빠는 집 안에서 하염없이 늘어져 있었다.

"뭐, 그냥 하는 거지."

엘리베이터를 기다리며 윤아가 말했다.

"윤아는 진아처럼 하고 싶지는 않아?"

아빠가 물었다. 윤아는 눈을 휘둥그레 뜨고 아빠를 보았다. 절대, 네버, 노노. 윤아의 마음은 강력하게 아빠의 말을 거부하고 있었다.

"엄마랑 아빠가 너무 진아한테만 신경쓰는 것 같아서……."

"아니, 괜찮아. 언니는 지금 고등학생이잖아. 당연히 언니한테 신경 써야지. 내 걱정은 마세요."

윤아는 두 손을 저으며 아빠의 말에 반응했다. 아빠가 힐끗 윤아를 쳐다보았다.

"윤아는 진아처럼 공부하고 싶지는 않은 모양이구나."

아빠는 그새 윤아의 속내를 읽어 냈다.

"아, 뭐, 꼭 그렇다기보다……."

차라리 솔직하게 말을 할까? 잠깐 그런 생각도 들었다. 저는 공부에 매달리고 있는 시간이 아까워요. 가끔은 한눈도 팔아 가면서, 달무리도 보고, 꽃내음도 맡으면서 지내고 싶어요. 하지만 그런저런 이야기를 나누기에는 늦은 시간이었다. 특히나 아빠에게는.

"그래. 진아 입시 끝나면 그때부터……."

다행히 아빠의 말이 채 끝나기 전에 엘리베이터 문이 열렸다. 윤아는 얼른 아빠의 팔을 잡고 엘리베이터에 올랐다.

"아빠, 졸리지? 나도 가서 숙제해야 해."

윤아는 얼렁뚱땅 아빠의 말을 돌렸다. 엘리베이터에서 내리며 아빠는 쩍 하니 하품했다. 다행이었다. 윤아는 집에 들어서기가 무섭게 씻고 방으로 들어왔다. 아빠는 곧장 큰방으로 들어가 버렸다.

윤아는 불을 끈 채로 침대 머리에 기대어 앉았다. 방 안에 하얀 달빛이 어룽거렸다. 학원을 마치고 집으로 걸어오는 길에 보았던 달무리가 떠올랐다. 더 보고 싶었는데 그러지 못한 게 아쉬웠다. 윤아는 자리에서 일어나 창가로

갔다. 아파트 조명 때문에 깜깜해지지 못한 하늘에 회색빛 얼룩이 군데군데 묻어났다. 사이사이로 하얀 달빛이 번졌다. 그냥 잠들기에는 아까운 하늘이었다. 윤아는 핸드폰을 열었다. 밤 11시. 이 시간에도 연락할 수 있는 사람이 있었다.

윤아

자?

정우

아니 아직.

곧장 정우의 답이 날아왔다.

정우는 2년 전, 봉사 활동을 하느라 찾아간 복지관에서 처음 만났다. 그때 정우는 복지사 선생님을 개인적으로 만나러 온 아이였는데, 복지사 선생님과 정우는 꽤 허물이 없어 보였다. 하지만 정우는 복지관을 찾은 또래 아이들에게는 퉁명스럽게 굴었다. 낯을 가리는 아이인가 보다 생각하고 넘어가려 했는데 정우의 핸드폰에 살짝 드러난 플레이리스트가 윤아의 눈길을 잡았다. 윤아가 좋아하는 인디밴드의 노래를 정우가 듣고 있었다.

"너도 이 노래 좋아해?"

윤아가 정우에게 말을 붙였다. 정우는 멀뚱멀뚱 자신의 핸드폰을 내려다보았다. 그리고 배경 화면에 드러난 노래를 확인하고는 윤아에게 물었다.

"너, 이 노래 알아?"

윤아는 단박에 고개를 끄덕이고 활짝 웃었다. 같은 노래를 좋아하는 또래는 처음 만났다. 반가웠다. 그날 이후로 윤아는 한 달에 한 번씩 복지관을 찾았고, 그때마다 정우는 복지관에 있었다. 함께 좋아하는 인디 밴드의 음악에 대해 이야기를 나누며 조금씩 가까워졌다.

윤아
오늘 달 봤어?

정우
어, 예쁘더라.

윤아의 얼굴에 배시시 웃음이 번졌다. 역시 정우는 윤아의 마음을 잘 헤아렸다.

윤아
뭐하고 있었어?

정우
조금 전에 들어와서 씻고, 설거지!

윤아

알바했어?

정우

응, 대타. 넌 뭐해?

윤아

학원 다녀왔지. 방금 누웠어.

정우

고생했네. 코 골기 3초 전인가ㅋㅋㅋ

윤아

코 안 골거든~ 이거나 들어 봐.

Bright Moon
Lazyday

정우

오늘 달이랑 딱이네.

정우는 헤드셋을 낀 이모티콘을 띄웠다. 윤아는 늘어지
게 하품하는 이모티콘으로 답했다. 지금 정우에게 필요한
이모티콘일 거라 생각했다.

정우

오늘 하루도

윤아

믿어 보기로 해.

인디 밴드의 노랫말로 짧게 메시지를 끝냈다. 윤아는 핸드폰을 베개 옆에 밀어 놓고 창밖을 보았다. 정우도 보고 있을 달무리가 창문에 얼비쳤다. 중간고사고 뭐고, 신경 쓰고 싶지 않았다.

시험 끝, 통증 시작

끝 종이 울렸다.

"모두 눈 감고 손은 책상 아래로."

선생님의 목소리가 귀에 감겼다.

혜리는 컴퓨터용 사인펜의 뚜껑을 닫고 책상 아래로 손을 내렸다. 손끝이 달달 떨렸다. 기척과 함께 뒷자리 아이가 지나가는 게 느껴졌다. 시험이 끝났다. 전학 와서 처음 치른 중간고사가.

아이들 목소리가 왁자하게 번졌다. 와글와글. 마치 유리병에 유리구슬을 담아 놓은 것처럼 요란하고 시끄러웠다. 혜리는 두 눈을 감은 채 책상 위에 픽 엎드렸다. 망했다. 세 글자가 머릿속을 휘저었다.

'어떻게 끝까지 이럴 수 있지……?'

믿을 수가 없었다. 아니 믿기지도 않았다. 눈물이 소리 없이 흘러내렸다.

"내가 이럴 줄 알았지. 다들 시험은 잘 본 거지?"

담임 선생님이 교실에 들어서며 끌끌 혀를 찼다. 시험이

끝나기가 무섭게 가방을 챙기고 거울을 꺼내 얼굴을 다듬
던 아이들이 앓는 소리를 하며 '아니요!'를 외쳤다. 그러도
록 혜리는 자리에 엎드린 채 꿈쩍을 하지 않았다. 일어나
앉을 기운도 없었다.

"일단 시험 치르느라 고생 많았고⋯⋯."

"우-우!"

아이들은 기력도 좋았다. 선생님이 말을 맺기도 전에 괴
성부터 질러 댔다. 빨리 끝내 달라는 압력이었다.

"시험 끝났다고 엄한 데서 방황하지 말고⋯⋯."

"선생니임!"

아이들의 괴성이 더 커졌다. 선생님은 알겠다는 듯 서둘
러 종례를 마쳤다. 아이들은 한꺼번에 자리에서 일어났다.
책상과 의자 밀리는 소리가 교실을 가득 채웠다. 그래도
혜리는 자리에서 가만히 있었다.

"임혜리, 안 가?"

수희 목소리가 들렸다. 혜리는 눈물 자국을 지우고 몸을
일으켰다.

"우리 코노 갈 건데⋯⋯."

수희는 말끝을 흐렸다. 코인 노래방에 갈 건데 같이 가
자는 건지 아니면 코인 노래방에 갈 거니까 넌 혼자 가라

는 건지 알 수 없었다. 수희 옆에는 예성도 있었다.

"난 됐어."

묻지도 않은 말에 혜리는 짤막하게 대꾸했다. 수희와 예성은 다시 묻지도 않고 쌩하니 교실을 빠져나갔다. 애초에 혜리와 함께할 마음이 없었던 것 같았다. 혜리는 고개를 푹 숙였다. 책상 위에는 시험지가 그대로 놓여 있었다. 시험지에는 혜리의 눈물 자국이 선명했다.

'어떡하지?'

또 울음이 솟구치려 들었다. 혜리는 얼른 고개를 저었다.

"야, 집에 안 가?"

청소 모둠 아이들이 빗자루를 들고 혜리를 쳐다보았다. 교실에는 청소 모둠 아이들만 남아 있었다.

혜리는 허둥거리며 가방을 챙겨 교실을 빠져나왔다. 교실 밖 아이들은 둘씩 셋씩 어깨를 맞대고 걸음을 맞췄다. 시험이 끝난 날, 외딴섬처럼 홀로 머뭇거리는 사람은 혜리밖에 없는 것 같았다. 어깨가 절로 옴츠러들었다.

정신없이 교문을 나와 뚜벅뚜벅 걸음을 옮겼다. 머릿속에는 나흘 동안 치른 시험지들이 들쭉날쭉 나타났다 사라지기를 반복했다. 국어, 영어, 수학, 과학, 사회, 도덕, 기술 가정, 음악. 어느 것 하나 변변한 것이 없었다. 그래서 혜리는 자신을 용서할 수 없었다.

'어떻게 하지? 어떻게 이럴 수 있지……?'

끊임없이 묻고 또 물었지만, 답은 나오지 않았다. 집까지 남은 시간은 10여 분. 그 안에 답을 찾을 수 있을까. 답을 찾는다 한들 달라지는 게 있을까. 아니 달라질 수 있는 무엇이 있기는 한 걸까. 마르지 않는 샘처럼 질문만 끝도 없이 솟아났다.

'엄마한테 뭐라고 하지?'

답을 찾아야 했다. 엄마는 혜리가 집에 들어서기가 무섭게 시험은 어땠냐 물을 게 뻔했다. 중간고사 첫째 날부터 어제까지 엄마의 첫 질문은 똑같았으니까.

"그냥 그랬어."

"아니, 그냥 그렇다는 게 뭐야?"

혜리의 무심한 답변에 엄마는 혜리의 뒤를 졸졸 따라오며 꼬치꼬치 캐물었다. 그때마다 혜리는 내일 시험을 준비해야 한다고 둘러댔다. 이전에 다니던 학교에서도 엄마는 시험이 끝나면 곧장 결과를 물었고, 그때마다 혜리는 내일 볼 시험을 준비하게 해 달라고 말했다. 엄마에게 그 말을 건넬 때, 혜리는 당당했다. 지나간 시험은 잊는 게 맞다고 혜리는 생각했다. 그리고 닥쳐올 시험을 준비하는 게 옳다고 믿었다. 엄마도 그때는 혜리의 말에 곧바로 수긍했다. 하지만 교서동으로 이사를 온 뒤 엄마는 조금 달라졌다. 끝까지 혜리의 뒤를 쫓아다니며 시험 이야기를 하고 또 했다.

'이제 내일 볼 시험도 없어······.'

엄마에게 더 핑계를 댈 수 없었다. 어쩌면 엄마 앞에 시험지를 펼쳐 놓고 함께 가채점을 해야 할지도 몰랐다. 끔찍했다.

아파트 정문 앞에서 혜리는 걸음을 멈췄다. 그리고 309동이 있는 쪽을 물끄러미 바라보다가 홱 몸을 돌렸다. 이대로 엄마 앞에 서고 싶지 않았다.

"어디 가?"

무작정 걸음을 옮기는데 누군가가 혜리의 앞을 가로막았다. 같은 동에 같은 반, 윤아였다. 옆에는 수연도 있었다.

"아니······."

어물쩍 대답을 미루고 자리를 피하고 싶었다.

"약속 있어?"

윤아가 다시 물었다. 혜리는 눈살을 찌푸리며 윤아를 보았다. 윤아의 얼굴은 맑았다. 아무런 걱정도 근심도 없는 듯 태평한 얼굴. 혜리는 윤아의 얼굴을 닮고 싶었다.

"우리 옷 갈아입고 맛있는 거 먹으러 갈 건데, 같이 갈래?"

윤아가 물었고, 옆에 있는 수연은 뚱한 얼굴로 윤아를 보았다. 수연은 혜리를 초대하고 싶지 않은 듯했다.

"됐어."

교실에서 수희에게 그랬듯 혜리는 짧게 답을 했다.

"그래도 시험 끝난 날인데⋯⋯."

혜리의 성의 없는 답에도 윤아는 얼굴을 구기지 않았다. 못 들은 척 돌아서지도 않았다. 옆에 있는 수연이 걸리기는 했지만 모르는 척 따라가 볼까 싶었다. 윤아와 함께 시간을 때우다 보면 혼란스러운 머릿속이 좀 가라앉지 않을까. 그러면 무엇이 문제였는지 제대로 들여다볼 수 있지 않을까. 아니 일단 엄마의 눈은 피할 수 있지 않을까.

"어디로 갈 건데?"

혜리는 약간의 관심을 드러내 보였다.

"2단지 앞에 백화점 알아? 거기 푸드 코트에 괜찮은 식당 많거든. 원하는 대로 골라 먹을 수 있어."

예상외로 수연이 환한 목소리로 혜리를 반겼다. 혜리는

놀란 얼굴로 수연을 보았다.

"시험 망쳐서 기분 꿀꿀할 때는 매운 걸로 속을 씻어 줘야 해. 매운 떡볶이 어때?"

수연이 해죽 웃으며 혜리에게 말을 건넸다. 알 수 없는 고마움이 불쑥 고개를 내밀었다. 수연에게 이런 얼굴이 있었나 싶기도 했다. 지금까지 혜리는 수연이 자신을 미워한다고 생각했다. 아니, 싫어하는 줄 알았다. 수연과는 첫 만남부터 꼬여 있었으니까.

"나선 김에 지금 가자. 집에 갔다가 다시 나오려면 귀찮잖아."

윤아가 말했다. 하지만 수연은 고개를 저었다.

"떡볶이 앞에서 교복은 매너가 아니야. 집에 가서 옷만 갈아입고 나올게."

"너 옷 갈아입는 데 20분은 걸리잖아. 그동안 기운 빠진다고."

윤아가 수연을 흘겼다. 수연이 교복을 내려다보며 영 마뜩잖은 표정을 보였다. 폼이 나지 않는다는 거였다. 시험이 끝난 날, 시험이 아닌 폼에 신경을 세울 수 있다는 게 혜리는 부러웠다.

"10분! 10분 안에 나올게. 응?"

수연이 손가락 하나를 세우고는 사정하듯 윤아를 보았다. 윤아는 혜리에게 눈길을 돌렸다. 혜리의 답을 기다리는 것 같았다. 혜리는 지금 집에 들어가고 싶지 않았다. 교복 차림 따위 상관없으니 이곳을 벗어나고 싶었다.

"좋아, 좋아! 진짜로 5분, 5분 안에 나온다!"

수연이 선심을 쓰듯 큰 소리로 말했다.

"진짜지?"

윤아가 눈을 가름하게 뜨고 수연을 보았다. 그러고는 혜리에게 말했다.

"잠깐 집에 가서 교복만 갈아입고 나오자."

이미 결정된 사실이었다. 뒤늦게 꼽사리 끼면서 싫다고 고집을 부릴 수 없었다. 엄마에게는 친구들과 약속이 있다고, 그래서 빨리 나가 봐야 한다고 말하면 된다. 거짓말이 아니니까 혜리는 당당할 수 있었다. 혜리는 윤아, 수연과 함께 교서아파트로 들어섰다. 혼자일 때보다는 조금 걸음에 힘이 들어가는 것 같았다.

"어, 엄마!"

옆에서 수연이 목청을 높이더니 309동 방향으로 내달렸다. 수연의 엄마가 309동에서 나오고 있었다. 그리고 수연의 엄마 옆에는 혜리 엄마도 있었다. 순간 이사 오던 날,

수연이 던진 말이 떠올랐다.

'거기 우리 이모할머니 집이었는데!'

그날, 수연은 이모할머니가 아파서 요양 병원에 있다고 했다. 그러니 이모할머니네 집을 부동산에 내놓고 계약서를 쓸 때 수연 엄마가 나서서 챙겼을 수 있다. 그렇다면 지금 수연 엄마와 혜리 엄마는 그야말로 갑을 관계인 셈이다. 집주인과 세입자의 관계. 갑자기 혜리의 얼굴이 확 붉어졌다.

"지금 와?"

수연 엄마가 환한 얼굴로 수연을 맞았다. 윤아가 수연 엄마에게 인사를 건넸다.

"딸, 왜 그러고 섰어? 와서 인사해."

혜리 엄마가 혜리에게 손짓을 했다. 혜리는 자리에서 꿈쩍도 않은 채 엄마를 바라보았다.

"어머, 네가 혜리니?"

수연 엄마가 혜리에게 알은체를 했다.

"어, 엄마가 임혜리를 알아?"

수연이 눈을 휘둥그레 뜨고 자기 엄마와 혜리를 번갈아 보았다. 수연 엄마가 시원하게 웃으며 말했다.

"방금 들었지. 네가 그렇게 공부를 잘한다며?"

혜리는 아랫입술을 질끈 깨물며 고개를 숙였다. 도대체 엄마는 수연 엄마에게 아니, 집주인에게 무슨 말을 한 걸까. 엄마가 원망스러웠다.

"우아, 역시 보통내기가 아니었어. 이번에 네가 전교 1등 먹는 거 아냐?"

수연이 혜리에게 얼굴을 들이밀며 수선을 떨었다. 혜리는 아니라고, 그건 애문중에서나 듣던 소리지 여기에서는 안 될 것 같다고 말하고 싶었다. 하지만 엄마 때문에 그럴 수 없었다. 엄마는 짐짓 자랑스러운 얼굴로 혜리를 바라보고 있었다.

"엄마, 우리 백화점 갈 건데!"

수연이 제 엄마 팔을 잡고 경중거렸다. 수연 엄마가 지갑에서 카드 한 장을 꺼내 수연에게 건넸다. 윤아가 괜찮다고 말려도 소용없었다. 수연은 아주 당당하게 제 엄마의 카드를 받았다.

"얼른 옷 갈아입고 올게!"

수연이 카드를 살랑살랑 흔들고는 310동을 향해 몸을 돌렸다.

"가자!"

윤아가 혜리를 잡았다.

"야, 나는⋯⋯."

혜리가 붉게 달궈진 얼굴로 윤아를 보았다.

"안 갈래."

혜리가 짧게 말했다. 윤아가 왜냐고 물었다.

"배가 아파. 아무래도 안 되겠어."

혜리는 윤아에게 말을 던지고 성큼성큼 계단을 올랐다. 차마 윤아의 얼굴을 똑바로 쳐다볼 수 없었다. 엄마가 혜리의 뒤를 바짝 쫓았다.

"생리통이야?"

엄마가 물었다. 혜리는 아무 말 없이 아랫입술을 잘근잘근 씹었다.

"어지간하면 친구들이랑 놀다 오지. 이사 와서 처음 사귀는 친구 같은데⋯⋯."

엄마가 잔소리를 시작했다. 혜리는 입을 꾹 다문 채 방으로 들어갔다. 엄마는 곧장 혜리의 뒤를 따라왔다.

"왜 그래? 진짜로 많이 아파?"

엄마 목소리에 걱정이 담겼다. 하지만 혜리는 아무 말도 하고 싶지 않았다.

'네가 그렇게 공부를 잘한다며?'

수연 엄마의 목소리가 머릿속을 빙글빙글 돌았다. 그 말에 한참 못 미치는 시험 점수가 머릿속을 휘저었다. 이곳에서 혜리는 잘하는 아이가 아니다. 그것은 피할 수 없는 현실이었다.

"어떻게, 병원에 가 볼래?"

엄마가 혜리 옆에서 어물거렸다. 혜리는 길게 한숨을 뱉었다. 그리고 침대에 털썩 누워 이불을 잡았다.

"씻지도 못할 만큼 아픈 거야?"

엄마가 혜리가 끌어 올리는 이불을 잡았다.

"아니야, 엄마!"

혜리는 울컥 솟구치는 울음을 꿀꺽 삼켰다. 엄마는 당황스러운 듯 두 눈을 슴벅였다.

"그냥 좀 자고 싶어서 그래요. 좀 잘래요."

말을 뱉고 혜리는 이불을 머리끝까지 뒤집어썼다.

"아니, 친구들이랑 같이 나가려던 거 아니었냐고……."

엄마가 뭐라고 구시렁거렸다. 혜리는 엄마와 말을 섞고 싶지 않았다. 지금은 혜리 자신만 생각하기에도 버거웠다.

크로플과 와플

수연은 하얀 블라우스에 연분홍색 조끼를 걸치고, 연한 청바지에 군청색 스니커즈를 신고 집을 나섰다. 포인트로 둘러멘 숄더백에는 얼마 전 웨이크샵에서 사들인 크리스털 토끼 키링이 빛났다. 현관에 있는 전면 거울 앞에서 수연은 또 사진을 찍었다. 히죽 웃음이 비어져 나왔다.

'적당히 좀 써.'

요즘 엄마는 수연에게 카드를 내밀며 한마디씩 꼭 덧붙였다. 그 말을 들을 때마다 수연의 마음에는 삐죽 실금이 갔다. 그런데 오늘은 엄마도 군말 없이 카드를 내밀었다. 기분이 살랑 들떴다.

"혜리는?"

309동 앞으로 허둥지둥 달려온 수연이 윤아에게 물었다. 수연은 당연히 윤아 옆에 혜리가 있을 줄 알았다.

"배 아파서 집에 있겠대."

"갑자기?"

수연이 눈살을 찌푸리며 3층을 올려다보았다.

"그나저나 너어……."

윤아가 눈을 갸름하게 뜨며 핸드폰을 보았다. 약속한 시간보다 10분이나 더 늦었다.

"힝, 미안. 옷이 영 마음에 안 들어 가지고."

수연은 윤아의 팔을 잡고 몸을 흔들었다. 그러고는 윤아가 먹고 싶다는 걸 다 사 주겠다며 해죽거렸다. 윤아는 툴툴거리면서도 수연과 함께 아파트 정문을 향해 걸음을 옮겼다.

수연과 윤아는 택시를 타고, 2단지 앞 백화점으로 갔다. 교서중학교는 물론이고 2단지에 있는 교이중학교도 시험이 끝났는지 백화점 9층 푸드 코트가 수연과 윤아 또래들로 바글바글했다.

"내가 그린 그림은 이런 게 아니야."

수연이 머리를 저었다. 그러고는 윤아에게 이왕 나왔으니 조금만 더 먼 곳으로 가자고 했다. 윤아는 그럴 줄 알았다는 듯 어디로 갈 건지 물었다. 수연이 활짝 갠 얼굴로 다시 택시를 잡았다. 20분쯤 달린 택시는 수연과 윤아를 대학가에 내려 줬다.

"이거지!"

수연은 날아갈 듯 가벼운 목소리로 윤아를 잡았다.

대학가는 확실히 교서아파트 2단지와는 달랐다. 또래들과는 다른 활기와 열정이 오가는 사람들 얼굴에 가득했다. 넓은 도로 양옆으로는 세련되게 꾸며 놓은 카페와 보기만 해도 눈이 즐거운 옷 가게와 액세서리 가게가 즐비했고, 노래방이며 방 탈출 카페, 인생네컷, 게임장까지 없는 것이 없었다. 먹거리도 매우 다양했다. 수연의 얼굴에 생기가 돌고 두 눈이 반짝반짝 빛났다. 수연은 보고 싶은 것도, 하고 싶은 것도 많았다.

　"소품샵 딱 한 군데만 들렀다가 먹으러 가자."

　수연이 윤아에게 사정하듯 말했다. 윤아는 뾰로통한 표정을 지으면서도 수연을 따랐다. 수연은 헤벌쭉 웃으며 소품샵에 들어갔다. 출입문 바로 앞에 핸드폰 액세서리가 진열되어 있었다. 수연은 마법이라도 걸린 듯 핸드폰 액세서리 앞에 우뚝 멈췄다. 이모할머니가 떠올랐다. 이모할머니는 케이스며, 그립톡이며, 핸드폰 꾸미기에 유독 관심이 많았다.

　"이모할머니 생각해?"

　윤아가 물었다. 윤아는 수연을 잘 알고 있었다.

　수연이 어렸을 적에 수연 엄마는 수연 아빠의 일을 거들러 다니느라 집을 비울 때가 많았다. 그때마다 수연은 309

동에 사는 이모할머니 집에서 엄마가 돌아올 때까지 시간을 때웠다. 이모할머니는 오로지 수연을 위한 요리를 매일같이 척척 만들어 냈다. 그때마다 윤아도 301호에 내려와 이모할머니가 만들어 준 음식을 수연과 함께 먹었다.

이모할머니는 낮의 대부분을 핸드폰과 함께 지냈다. 그래서 툭하면 수연을 붙잡고 핸드폰에 있는 갖가지 기능을 묻고 또 물었다. 그래 봐야 동영상을 보거나, 게임을 하는 게 전부였지만 그래도 이모할머니는 수연이 가르쳐 주는 게임을 좋아했고, 수연이 찾아 주는 동영상을 매우 즐겁게 보았다.

"이모할머니가 빨간색 좋아하지?"

윤아가 수연의 어깨를 토닥거리며 핸드폰 링과 그립톡을 살폈다. 그러고는 빨간 바탕에 구절초 꽃이 화사하게 피어 있는 그립톡을 골랐다. 이모할머니가 좋아하던 꽃이었다. 수연이 물끄러미 그립톡을 바라보다가 고개를 저었다.

"그냥 내 거 살래. 너도 뭐 하나 골라."

수연이 애써 밝은 목소리를 냈다. 수연은 분위기가 가라앉는 걸 좋아하지 않았다.

소품샵을 몇 차례 빙글빙글 돌며 수연은 집게 핀을 사

고, 윤아는 비즈로 된 반지를 골랐다. 수연은 사 주겠다는
데 기껏 고른 게 비즈 반지냐며 툴툴댔다. 그래도 윤아는
배시시 웃기만 했다.

수연과 윤아는 초록 식물이 가득한 카페로 걸음을 옮겼
다. 인스타에서 사진 맛집으로 소문난 카페였다. 창가에
자리를 잡은 뒤 수연은 크로플 세트를, 윤아는 와플 세트
를 각각 주문했다. 크로플 세트와 와플 세트는 깔끔한 접
시에 보기 좋게 플레이팅이 되어 나왔다.

수연은 크로플 세트를 햇볕이 잘 드는 쪽에 놓아 두고,
자몽주스와 함께 사진에 담았다. 오렌지주스와 함께 나온
와플 세트는 초록 식물을 배경으로 찍었다. 역시나 사진은
화사하고도 깔끔하게 잘 나왔다. 음식도 먹음직스럽고 분
위기도 산뜻했다. 칙칙한 중간고사를 끝낸 날, 인스타에
올리기 딱이었다. 수연은 그 자리에서 인스타를 열어 카페
와 음식 사진을 피드에 올렸다. 카페 해시태그를 거는 것
도 잊지 않았다. 기분이 확 좋아졌다.

"이제 먹어도 돼?"

윤아가 물었다. 수연이 이가 보이도록 씩 웃고는 자몽주
스를 한 모금 마셨다. 윤아도 포크와 나이프를 잡고, 와플
을 잘랐다.

"너는 왜 인스타 안 해?"

크로플을 한입 베어 물고, 수연이 윤아에게 물었다.

"별로 신경 쓰고 싶지 않아서."

윤아의 말에 수연은 눈을 동그랗게 뜨고 윤아를 보았다.

"무슨 신경?"

수연으로서는 윤아의 말을 알아듣기 어려웠다.

"잘 모르는 사람들과 굳이 소통하고 싶지 않아."

맞는 말이었다. 하지만 그것도 나름의 재미가 있었다. 수연이 물었다.

"꼭 아는 사람하고만 소통해야 해?"

"아는 사람하고도 제대로 소통하지 못 할 때가 많은 걸."

"진짜?"

수연이 또 눈을 크게 떴다.

"너 나랑 말이 안 통할 때가 많다는 거야?"

"이렇게 발끈하면 내가 아무 말도 못 하지."

"아, 그런가?"

수연은 해죽 웃고는 자몽주스를 쭉 빨았다.

"넌 혜리하고 얘기 좀 해 봤어?"

수연이 물었다. 윤아는 빤히 수연을 보았다. 갑자기 혜리 이야기는 왜 꺼내냐고 묻는 듯했다.

"솔직히 나는 걔 좀 불편해."

"왜?"

윤아가 물었다.

"걔 처음 이사 오던 날부터 알은척해 준 게 우리잖아."

수연이 입을 삐죽 내밀며 창밖을 보았다. 늦은 오후의 햇살이 초록 가득한 창에 닿았다. 포근했다.

"그런데?"

윤아의 물음이 뾰족했다. 포근하게 내려앉던 기운이 스르르 사라졌다.

"근데 왜 학교에서 쌩까냐고."

수연의 목소리도 삐뚜름하게 터졌다. 덤덤하다 못해 차갑기까지 한 윤아의 반응이 조금 서운했다.

"음……."

윤아가 남은 와플을 한입에 털어 넣었다. 그러고는 느릿느릿 주스를 마셨다. 할 말을 머릿속으로 정리하는 듯 보였다.

"넌 기분 안 나빠?"

더는 참지 못하고 수연이 물었다. 윤아가 그랬던 것처럼 말끝에 가시를 달았다.

"걔 이사 오던 날, 네가 무슨 말 했는지 기억나?"

윤아가 물었다. 수연은 눈썹을 찌푸렸다. 윤아의 물음은 생뚱맞았다. 적어도 수연이 느끼기에는 그랬다.

"대뜸 너희 집 월세지? 그랬잖아."

"아!"

수연은 고개를 끄덕였다. 혜리네 이삿짐을 봤을 때 제일 처음 든 생각이 그거였다. 이모할머니 집에 월세로 들어온다던 사람들이구나.

"그런데?"

수연이 고개를 갸우뚱하며 윤아를 보았다. 윤아가 수연과 눈을 맞추며 입을 열었다.

"네가 그 말을 했을 때, 혜리 표정 못 봤어?"

수연은 가만히 그날을 더듬었다. 혜리의 표정이라, 딱히 기억나는 게 없었다. 별스럽지 않게 생각한 탓이었다.

"얼굴이 확 붉어지더라."

"그런데?"

윤아는 여전히 말을 빙빙 돌렸다. 수연이가 이해할 수 있도록 그냥 툭 털어놓고 말해 줬으면 싶었다.

"부끄러웠다는 거잖아."

"그래서?"

"그런데 같은 학교, 같은 반에서 또 만났으니 반가웠겠어?"

"야, 그때 나는……!"

말을 하려다가 수연은 입을 꾹 다물었다. 수연이 그날, 혜리를 보고 왜 그런 반응을 보였는지 윤아는 당연히 이해할 거라 생각했다. 윤아는 수연과 이모할머니의 관계를 잘 알고 있으니까. 그런데 지금 윤아는 혜리 편을 들고 있었다. 서운함이 파도처럼 수연을 덮쳤다. 수연은 입을 꾹 다물고 포크로 크로플 옆에 놓인 샐러드를 뒤적였다.

"기분 상했어?"

윤아가 나긋해진 목소리로 물었다. 하지만 수연의 마음은 풀어지지 않았다. 아니 그럴 수 없었다. 생전 처음 보는 아이에게 윤아를 빼앗긴 기분이 들었다. 윤아는 수연을 어떻게 생각하고 있을까 궁금해졌다. 윤아와는 유치원에 다닐 때부터 친하게 지냈다. 함께 이모할머니 집을 들락거리면서 세상에 둘도 없을 단짝이라고 믿고 또 믿었다. 그런데 지금은 왠지 아닌 것 같다. 수연 혼자 짝사랑하듯 윤아를 바라보고 있었던 게 아닐까. 윤아는 때때로 수연을 밀어내고 거리를 두었던 것 같다. 지금처럼 다른 아이를 감싸면서. 온기를 머금었던 크로플이 차게 식어 가고 있었다.

"갈래."

수연이 자리에서 일어났다.

"왜에?"

윤아가 살랑 웃으며 수연을 잡았다. 윤아는 수연을 풀어주려 했지만, 수연은 윤아의 웃음을 모른 체하고 싶었다. 마침 수연의 핸드폰에서 벨이 울렸다. 유주였다. 수연은 전화를 받으며 자연스럽게 자리에 앉았다.

"너 서형동에 있어?"

유주의 목소리가 전화기 너머로 뻗어 나왔다. 수연이 올린 인스타 피드를 보고 연락을 한 듯했다.

"우리도 지금 서형동이야!"

서린의 목소리도 함께 들렸다.

"우리 만날까?"

수연의 우중충한 기분과는 달리 유주의 목소리는 밝고 환했다. 수연은 샐쭉한 표정으로 윤아를 보았다. 윤아가 두 눈을 빛내며 수연을 바라보고 있었다. 수연은 불뚝 심술이 돋았다.

"좋아. 내가 노래방 쏠게!"

"앗싸, 그럴 줄 알았지. 어디에서 만날까?"

유주가 물었다. 뒤에서 서린이 저녁은 어떻게 할 거냐고 물었다. 유주가 아닌 수연에게 묻는 말일 게 뻔했다.

"야, 언제 너희가 산 적 있어?"

수연이 피식거리며 제대로 들리지도 않은 서린의 말에 대꾸했다.

"야, 우리가 너한테 돈 쓰는 즐거움을 주는 거지."

서린이 당당하게 외쳤다. 유주가 대뜸 싫으냐고 물었다. 약간은 비꼬는 듯한 말투였다. 수연은 아니라고 답했다. 일단은 윤아와 헤어지고 싶었다. 그리고 서린, 유주와 노는 것도 나쁘지 않았다. 서린과 유주는 수연과 코드가 꽤 잘 맞았다. 가끔 거슬리는 말들이 마음에 실금을 냈지만.

"나 두고 가는 거야?"

전화를 끊고, 가방을 챙겨 자리에서 일어서는데 윤아가 수연을 잡았다.

"어차피 넌 늦게까지 놀지도 않을 거잖아."

수연이 퉁명스레 말했다.

"에이, 그래도……."

윤아가 수연을 달래려 들었다. 수연은 입술에 바짝 힘을 넣었다. 오늘은 마음을 쉽게 풀고 싶지 않았다. 서운한 마음을 윤아가 알아줬으면 싶었다. 그래서 윤아가 더 이상 혜리에게 신경을 쓰지 않길 바랐다. 수연은 엄마가 내어

준 카드를 들고 계산대로 갔다. 3만 8천 원이 카드 결제기
에 긁혔다.

교서동 아이들

6교시 수업이 끝났다. 혜리는 입을 살짝 벌려 길게 숨을 뱉어 냈다. 바짝 긴장하고 있던 시간이 끝났지만, 마음은 가볍지 않았다. 다시 학원으로 걸음을 옮겨야 했다. 중간고사가 끝난 학원에서는 내신 성적을 가늠하고 선행 학습과 심화 문제 풀이를 병행하느라 정신이 없었다.

"야, 짱떡 들렀다 가자."

예성이 큰 소리로 수희를 불렀다. 수희는 가방을 반짝 챙겨 들고 자리에서 일어났다. 혜리를 뺀 다른 아이들은 모두 여유가 있어 보였다.

누구도 혜리에게 말을 걸어 오지 않았다. 어쩌면 혜리가 자초한 일일지도 몰랐다. 전학 온 지 두 달이 되어 가도록 혜리는 아이들 사이로 확 끼어들지 못했다. 이곳의 아이들은 이전에 만나던 아이들과 달랐다. 다른 지점이 무엇인지는 정확히 짚어 낼 수 없었다. 아무튼 혜리의 마음을 쪼그라들게 하는 무엇인가가 있어서, 혜리는 이곳 아이들 앞에서 말도 행동도 자유롭지 못했다. 이유를 알 수 없어 혜리의 마음은 까슬까슬 답답했다.

　터덜터덜 집을 향해 걸음을 옮기는데 핸드폰에 알람이 울렸다. 민서였다. 혜리는 얼른 핸드폰을 열었다.

민서

뭐 하냐?

　문자만 읽어도 민서의 목소리가 들리는 듯했다.

　혜리는 308동 앞 쉼터로 방향을 틀었다. 쉼터에서 민서랑 마음 편하게 이야기를 나누고 싶었다.

혜리

집 앞이야.

민서

이제 끝났어?

혜리

응, 통화할 수 있어?

　혜리가 메시지를 보내기가 무섭게 전화벨이 울렸다.

"임혜리!!!"

　민서 목소리가 훌쩍 솟았다.

"민서야."

민서 이름을 부르는데, 혜리의 코끝이 뜨거워졌다. 왈칵 울음이 솟구쳤다.

"왜 그래?"

민서가 물었다. 민서의 놀란 얼굴이 혜리의 눈앞에 그려졌다. 혜리는 허리를 푹 숙인 채 두 손으로 핸드폰을 잡고 서럽게 울었다. 그러도록 민서는 말없이 혜리의 울음을 듣고 있었다.

"미안해."

혜리가 허리를 펴고 울음을 삼켰다.

"너 왜 그래?"

민서가 다시 물었다. 혜리는 입을 다물었다. 무슨 말을 해야 할지 알 수 없었다. 교서동으로 이사를 온 뒤로 혜리는 바보가 되어 가는 것 같았다. 무엇 하나 제대로 해내는 게 없었다. 답답하고 한심할 뿐이었다.

"야, 우리 애문중의 자랑, 임혜리!"

민서가 쩌렁쩌렁 큰 소리로 외쳤다. 혜리의 얼굴이 붉어졌다.

"거기 애들이 뭐라 그래?"

민서는 금방이라도 쫓아와 누구든 붙잡고 싸울 기세였다.

"아니야……."

혜리는 맥없이 대꾸했다. 혜리의 답은 사실이었다. 교서중에서 만난 아이들 누구도 혜리에게 무어라 하지 않았다. 아예 관심조차 두지 않았다. 선생님들도 마찬가지였다. 애문중에서는 한 번도 겪어 보지 못한 일이었다.

애문중에서는 선생님들도 아이들도 혜리를 가만히 두지 않았다. 아이들은 한 과목, 한 과목 시험이 끝날 때마다 혜리를 찾아와 정답을 살폈고, 선생님들도 시험이 끝난 뒤 첫 시간이면 늘 혜리부터 찾았다. 혜리 때문에 일부러 문제를 어렵게 냈는데, 그것조차 맞혀 버렸다고 끌끌 혀를 차는 선생님도 있었다. 하지만 교서중에서는 달랐다. 시험이 끝난 직후는 물론, 이후에 진행되는 수업 시간에도 혜리를 찾는 사람은 없었다. 과목별 선생님이 불러 주는 정답을 하나씩 체크하다 보면 빗금을 그어야 하는 답이 수두룩했다. 혜리의 시험 결과는 처참했다.

"그럼 갑자기 왜 우는데?"

민서 목소리에 걱정이 담겼다. 혜리는 얕게 숨을 뱉어 내고, 목소리를 가다듬었다. 어쩐지 민서에게도 혜리는 속을 다 드러낼 수 없었다.

"반가워서 그렇지."

"진짜?"

민서가 짧게 물었다. 혜리는 그렇다고 했다.

"야, 그럼 그냥 만나자고 하면 되지. 교서동하고 애문동이 뭐 하늘땅만큼 먼 거리에 있는 것도 아니고."

민서의 답은 가뿐하고 명료했다. 하지만 시험이 끝나고도 혜리는 계속 시간에 쫓겼다. 매일 저녁 6시부터 10시까지는 학원에서 보냈고, 학원이 끝나면 다시 독서실로 향했다. 주말이라고 별다를 것 없었다. 교서동 아이들은 모두 그렇다고 엄마가 그랬다.

하지만 교서동 아이들이라고 죽어라 학원만 쫓아다니지 않았다. 둘씩 셋씩 모여서 노래도 부르러 가고, 쇼핑도 했다. 쉬는 시간에는 좋아하는 가수의 노래를 크게 틀어 놓고 수다를 떠는 아이들도 많았다. 애문동 아이들이랑 다를 바 없었다. 굳이 다른 점을 찾아본다면, 교서동 아이들은 당당했다. 말과 행동에 늘 힘이 넘쳤고 거침이 없었다. 어디에서 나오는 자신감인지 혜리는 아직 파악하지 못했다. 어쨌든 기세등등한 아이들 사이에서 혜리는 자꾸만 몸을 옴츠리고 슬금슬금 뒷걸음을 칠 수밖에 없었다.

'애문동 살 때는……'

머릿속에 자연스럽게 애문동이 떠올랐다. 혜리는 질끈

눈을 감았다. 이미 엎질러진 물이었고, 찢어진 가방이었
다. 되돌릴 수 없는 일이라면 지금 주어진 환경에서 최선
을 다해야 했다. 하지만 버거웠다. 아주 높다란, 닿을 수
없는 성에 오르려 기를 쓰고 있는 것만 같았다.

"우리 이번 주 토요일에 만날까?"

민서가 물었다. 혜리는 머릿속으로 토요일 일정을 훑었
다. 오전 시간대라면 가능할 듯했다.

"2시! 괜찮지?"

"아, 그게……."

민서를 주말에 만날 때면 늘 2시쯤 만났다. 민서는 아침
잠이 많은 스타일이었다. 그래서 주말만큼은 평일에 누리
지 못한 아침잠의 기쁨을 누려야 한다고 했었다. 게다가
둘이 사는 곳이 멀리 떨어져 있으니 약속을 잡으면 이동
시간도 계산해야 했다.

"나 그 시간에는 학원에 가야 해."

"토요일인데도?"

민서 목소리가 훅 높아졌다.

"아, 일요일에는 엄마 아빠랑 어디 가기로 했는데……."

민서가 곤란한 듯 말을 흐렸다.

"다음에 만나면 되지."

혜리가 목소리에 힘을 넣었다.

"그래도 돼?"

민서가 물음을 던졌고, 혜리는 그렇다고 했다. 사실 일요일도 혜리의 스케줄은 빡빡했다. 학원 과제는 늘 일요일 밤이 되어야 끝낼 수 있었다. 일요일에도 만날 수 없다고 말할 뻔했는데, 민서에게 선약이 있어서 차라리 다행이었다.

민서는 종알거리며 선생님과 아이들 이야기를 줄줄줄 늘어놓기 시작했다. 혜리는 민서의 이야기를 들으며 애문중 선생님과 아이들을 떠올렸다. 그곳에서 혜리는 서럽거나 외롭지 않았다. 어깨가 옴츠러들지도 않았고, 고개를 숙일 일도 없었다. 그런데 왜 이곳에서는 그렇게 안 될까. 무엇이 혜리를 이렇게 자신 없는 아이로 만들었을까.

"어, 재현이 왔다!"

민서 목소리가 반짝 커졌다. 애문중에서 혜리는 재현과도 곧잘 어울렸다.

"놀러 가?"

"응, 우선 라볶이 한 그릇 때리고."

민서가 말하는 라볶이는 학교 앞에 있는 원조길떡볶이에서 파는 걸 가리키는 것이었다. 순간 혜리의 입에 군침이 돌았다. 혜리도 전화를 끊고, 민서와 재현을 만나 원조 길떡볶이에서 라볶이를 먹고, 방 탈출 카페에 가거나, 코인 노래방에 가고 싶었다.

"하아……."

혜리의 입에서 한숨이 새어 나왔다. 하지만 민서는 혜리의 한숨을 알아채지 못했다.

"다음에 또 통화하자."

재현의 목소리가 들리는가 싶더니, 민서는 곧장 전화를 끊었다. 다시 혜리는 혼자가 되었다.

혜리는 가만히 쉼터를 둘러보았다. 키 큰 나무가 널찍한 그늘을 만들고, 그늘 아래로는 은빛 의자가 띄엄띄엄 놓여 있었다. 의자 사이의 거리감이 이 동네 사람들 사이의 거리감처럼 느껴졌다. 처음부터 이렇게 놓였던 것일까, 아니면 조금씩 천천히 멀어진 것일까.

그러다 문득 수연의 얼굴이 떠올랐고 동시에 '월세'라는 단어가 혜리의 가슴에 꽂혔다. 수연에게서 그 말을 처음 들었을 때 혜리는 벽을 느꼈다. 수연과 가까이할 수 없을 것만 같은 벽 그리고 거리감. 어쩌면 그때부터였던 것 같았다. 마음에 벽을 세우고, 교서동 아이들 사이에 섞이지 않겠다 다짐했던 순간이.

혜리는 고개를 휘휘 저었다. 머릿속 생각이 아무래도 엉뚱한 곳으로 흐르는 듯했다.

혜리는 자리에서 일어나 309동을 향했다. 어차피 집도 비어 있을 시간이었다.

"나 홈마트에서 아르바이트하기로 했어."

교서아파트 입주민 카페에 가입하고, 주민 회의에 몇 차례 오가던 엄마는 혜리 또래들이 많이 다닌다는 학원 팸플릿을 한 움큼 들고 집으로 들어왔다. 그리고 그중에 몇 개의 학원은 꼭 다녀야 한다고 목청을 높였다.

"이제 중학교 3학년인데, 학원을 몇 개를 보내자는 거야?"

"어차피 혜리 좋은 대학 보내자고 온 거잖아. 여기 애들 하는 건 다 해야지."

아빠는 마뜩잖은 얼굴로 엄마를 보았고, 엄마는 잔뜩 열이 오른 얼굴로 아빠에게 대항했다. 그러는 동안 혜리는 얌전히 밥을 먹었다.

"갑자기 아르바이트는 왜?"

엄마의 갑작스러운 선언에 아빠는 또 눈살을 찌푸렸다.

"어차피 집에 혼자 있는 시간도 많잖아. 시간 때울 겸……."

말을 하면서 엄마는 힐끗 혜리를 살폈다. 혜리는 우물우

물 밥을 씹으며 엄마와 아빠의 이야기를 들었다.

"혜리 교육 신경 써야 한다면서? 그런데 집을 비우고 아르바이트를 한다고?"

아빠가 버럭 소리를 질렀다.

"혜리는 학원에 가 있느라 집에 없잖아."

엄마가 말을 붙였다. 혜리는 가만히 숟가락을 내려놓고 엄마를 보았다. 혜리는 엄마가 갑자기 왜 아르바이트를 하겠다고 하는지 짐작하고 있었다. 혜리의 학원비 때문일 것이었다. 이곳에서 혜리는 애문동에 있을 때보다 두 군데의 학원을 더 다니고 있었고, 학원비 또한 애문동보다 비쌌다. 그걸 아빠 혼자 벌이로 감당하기엔 버거웠을 것이다.

"나 때문이지?"

혜리가 나직하게 물었다. 엄마는 아니라며 정색했다.

"그건 또 무슨 소리야?"

아빠가 혜리에게 물었다.

"나 여기로 온 다음에 학원이 두 군데나 늘었잖아."

"아니라니까!"

엄마가 소리를 빽 질렀다. 당황했는지 얼굴도 벌겠다.

"진짜 아니야?"

아빠가 구겨진 얼굴로 엄마를 보았다.

"응, 아니야. 집에 혼자 있는 시간 아까워서 그래. 임혜리, 너도 엉뚱한 데 신경 쓰지 말고 네 할 일이나 잘해."

엄마는 다 비우지도 않은 밥그릇을 들고, 식탁에서 일어났다. 그러고는 집에서 빈둥거려 봤자 살만 찐다는 둥 남들은 아내가 돈 벌어 온다고 하면 좋아한다는데 당신은 왜 그러느냐는 둥 아빠에게 핀잔을 퍼부었다. 아빠는 엄마의 잔소리를 귓등으로 흘리더니 알아서 하라고 했다. 그때가 꼭 열흘 전이었다.

텅 빈 집에 들어와 혜리는 소파에 벌러덩 누웠다. 민서와 재현은 지금쯤 라볶이를 맛있게 먹고 있을 것이다.

'그런데 나는…….'

뭘 하고 있는 건지 알 수가 없었다. 교서동으로 이사를 오면서부터 모든 것이 엉망으로 꼬인 것 같았다. 문제가 뭘까 생각하고 있는데 집 전화벨이 울렸다. 어지간해서 집으로 전화를 하는 사람이 없을 텐데 희한했다. 혜리는 몸을 일으켜 책장 옆에 있는 전화기를 집었다.

"거기 309동 301호지?"

수화기 너머에서 묵직한 아저씨의 목소리가 흘렀다. 혜리는 그렇다고 답했다.

"집에 어머니 안 계시니?"

아저씨가 다시 물었다. 혜리는 다짜고짜 반말하는 아저씨가 마음에 들지 않았다.

"안 계시는데요."

혜리는 퉁명스럽게 대꾸했다.

"아, 급한 일인데 왜 연락이……."

아저씨가 은근슬쩍 짜증을 부렸다. 그러고는 엄마에게 연락해서 교서부동산으로 곧장 전화해 달라고 했다.

"중요한 일이니까 되도록 빨리 부탁할게."

부탁한다면서도 아저씨의 말투는 꽤 고압적이었다. 혜리는 집 전화를 끊고, 핸드폰을 잡았다. 그리고 엄마에게 전화를 걸었다. 신호음이 끊기도록 엄마는 전화를 받지 않았다. 시간을 확인했다. 오후 5시 5분. 저녁 장을 보러 나온 사람들로 마트가 북적이나 싶었다.

'그래도 그렇지. 전화 한 통도 마음대로 못 받는단 말이야?'

자리에 곧추선 채 밀려드는 물건의 바코드를 찍으며 계산에 열을 올리고 있을 엄마가 떠올랐다. 엄마는 그 고생을 하면서도 행복할까? 답은 간단했다. 엄마가 행복하려면 혜리가 잘해야 했다. 하지만 이번에 받을 엉망진창 성적표를 떠올리자, 마음이 지옥 불에 빠진 것처럼 고통스러워졌다.

교서부동산에서 전화해 달래.

혜리는 엄마에게 메시지를 보내고 자리에서 일어났다.
답답하더라도 해야 할 일은 해야 했다.

진아의 비밀

도어 록을 풀고 현관문을 열었다. 현관에 또 진아의 신발이 보였다.

윤아는 조심조심 진아의 방문 앞으로 다가가 손잡이를 잡았다. 손잡이가 덜컥 걸렸다. 방문이 잠겨 있었다.

"언니."

조용히 방에 들어가 진아를 만나고 싶었지만 잠긴 문을 함부로 열 순 없었다.

"어디 아파?"

진아는 답이 없었다.

"지난번에도 아프다더니……."

여전히 진아는 반응이 없었다.

"아프면 병원에 가야 하는 거 아니야?"

귀찮을 만큼 자꾸 묻고 또 물으면 대답을 해 줄 거라고 윤아는 생각했다.

"언니, 어디가 아픈데?"

"……."

"언니, 엄마한테 연락한다!"

지난번, 진아가 몸이 아프다고 집에 왔을 때 진아는 엄마에게 말하지 말라고 일렀다. 윤아는 진아 편에 서고 싶어서 알겠다 약속했고, 지금까지 약속을 지켰다. 하지만 이번에는 안 될 것 같았다. 오후 4시를 조금 넘긴 시간. 이 시간이면 교서고는 아직 수업 중일 텐데 진아가 집에 와 있다는 것은 조퇴했다는 뜻이다.

"아아악!"

윤아가 진아 방문 앞에서 가방을 벗고, 핸드폰을 꺼내는데, 방문 안쪽에서 괴성이 터졌다. 진아의 목소리였다. 하지만 한 번도 들어 보지 못한 울부짖음이었다. 윤아는 방문을 쾅쾅 두드렸다.

"언니, 왜 그래? 응?"

"나 좀……."

진아가 애원하듯 목청을 울렸다. 윤아는 두 눈을 대굴대굴 굴렸다. 어떻게 하는 게 좋을까 판단이 서지 않았다. 핸드폰을 잡고 있는 손이 덜덜 떨렸다.

"……그냥 놔둬."

진아의 목소리에 힘이 하나도 없었다.

"그럼 언니, 방문만 열어 주면……."

진아가 지금 무엇을 하고 있는지 직접 눈으로 확인하고 싶었다. 그러면 놀라서 덜컹거리는 윤아의 마음이 진정될 것 같았다. 하지만 진아는 아무런 대꾸가 없었다.

"언니, 나 무서워……."

속내를 드러내는데 왈칵 울음이 쏟아졌다. 윤아는 두려웠다. 지금까지 보아 온 진아는 늘 단정하고 깔끔했다. 매사 자기가 해야 할 일은 정확하게 맺었고 그만큼의 성과를 보였다. 그때마다 진아의 표정은 당당하고 환했다. 그런데 갑자기 왜 이러는 걸까. 도대체 무슨 일이 진아를 이렇게 흔들고 있는 걸까. 윤아로서는 가늠하기가 어려웠다.

딸깍.

방문 앞에 쪼그려 앉아 달달 떨고 있는데, 진아 방문이 열렸다. 윤아는 자리에서 벌떡 일어났다. 교복 차림의 진아가 윤아를 바라보았다.

"여기에서 뭐 하고 있어?"

"언니야말로 방문 잠그고 대체 뭐 했는데?"

윤아가 빽 소리를 질렀다.

"미안."

진아는 핏기 없는 얼굴로 맥없이 대꾸했다. 그러고는 현관을 향해 자박자박 걸음을 옮겼다. 가방도 없이 핸드폰만

달랑 손에 쥔 채였다. 윤아는 얼른 진아의 팔을 잡았다.

"어디 가려고?"

"잠깐 친구 좀 만나고 올게……."

진아가 윤아의 손을 두드리며 차분하게 말했다. 윤아는 고개를 가로저었다.

"이 시간에 무슨 친구를 만나? 그리고 언니 왜 자꾸……."

이상해지고 있다고 도대체 왜 그러느냐고 따지고 싶었다. 하지만 말이 입 안에서 맴돌았다. 진아에게 그런 질문을 던질 자격이 윤아에게 있을까 싶었다. 지금까지 윤아는 진아의 뒤에 숨어서 지냈다. 그런데 지금 진아가 흔들린다면 그래서 혹여라도 진아가 무너진다면 어른들의 관심이 윤아에게로 넘어올지도 몰랐다. 그걸 두려워하고 있는 걸까. 두려움에 파들파들 떨고 있는 것만은 분명한데, 그 이유를 알 수 없었다. 진아 때문인지 윤아 자신 때문인지.

"나 가방도 못 챙기고 그냥 나왔어. 그래서 친구가 가방 갖다준대……."

"그러니까 왜?"

도대체 학교에서 무슨 일이 있었길래 가방도 챙기지 못한 채 학교를 뛰쳐나왔을까 의구심이 들었다. 하지만 진아는 더 이상 입을 열지 않았다. 표정 없는 얼굴로 윤아의 손을 떨쳐 내고 신발에 발을 꿰었다. 윤아도 뒤따라 신발을 신었다.

"혼자 갔다 올게."

"그래도……!"

"친구랑 좀 있다가 올게. 엄마랑 아빠한테는……."

"말하지 말라고?"

말을 뱉는데 왈칵 감정이 솟구쳤다. 현관에 놓인 진아의 신발을 또 발견했을 때부터 지금까지 윤아의 감정은 파도에 휩쓸리는 조약돌처럼 중심을 잡지 못하고 이리저리 흔들렸다.

"나중에 언니가 말할게."

"왜 나중인데?"

윤아는 진아에게 따졌다. 진아는 잠깐 머뭇거리더니 윤아를 쳐다보았다.

"우선은 내 마음을 좀 정리해야 할 것 같아. 시간이 필요해. 언니 맘 뭔지 알지?"

진아는 차분했다. 다시 진아의 본모습을 찾은 것 같았다.

말을 맺고 진아는 현관을 나섰다. 현관문 밖에서 엘리베이터 움직이는 소리가 들렸다. 윤아는 잽싸게 몸을 움직여

베란다로 나갔다. 아파트 단지가 훤히 내려다보이는 곳에서 진아의 자취를 찾아내고 싶었다. 잠시 뒤 309동을 빠져나간 진아가 보였다. 터벅터벅 걸음을 옮기는 진아는 어딘가 모르게 지쳐 보였다. 다시 불안이 꿈틀거렸다.

"안 되겠다!"

윤아는 잽싸게 집을 나섰다. 그리고 곧장 엘리베이터를 타고 309동을 나섰다. 진아는 보이지 않았다. 윤아는 있는 힘을 다해 아파트 정문으로 내달렸다. 늦은 오후라 오가는 사람이 많았다.

사람들 사이를 내달려 아파트 정문에 닿았다. 우선은 아파트 정문 앞 큰길 너머로 눈을 돌렸다. 오른쪽 왼쪽 번갈아 보았지만, 진아는 없었다. 윤아는 다시 아파트 정문을 기준으로 양쪽을 번갈아 살폈다. 어느 쪽으로 갔을까 알수 없었다. 마음이 초조하게 조여 오던 찰나, 정문 왼쪽에 있는 편의점에서 딸랑 종소리가 울렸다. 그리고 진아가 편의점을 빠져나왔다. 윤아는 얼른 정문 기둥 뒤로 몸을 숨겼다. 소리 없이 진아의 뒤를 쫓을 작정이었다.

작은 비닐 봉지 하나를 쥐고, 진아는 큰길을 따라 느릿느릿 걸음을 옮겼다. 비닐 봉지에 드러난 실루엣이 캔 음료 두어 개쯤 되어 보였다. 진아는 교서중이 바라다보이는 횡단보도 앞에서 걸음을 멈췄다. 교서중을 지나 2단지 쪽으로 넘어가면 교서고가 나왔다.

'학교에 가는 건가?'

생각하는 사이 신호등에 초록불이 들어왔다. 하지만 진아는 길을 건너지 않았다. 진아는 몸을 오른쪽으로 틀었다. 그쪽으로는 왕복 4차선 도로가 있고, 길을 건너면 큼지막한 상가 건물이 즐비했다. 그 뒤로도 몇몇 아파트들이 서너 개 동을 이루며 자리를 잡고 있었고, 그 뒤로는 교왕산이 있었다.

4차선 도로에도 신호가 바뀌었다. 하지만 진아는 길을 건너지 않았다. 누군가를 기다리는 듯 길 건너편을 빤히 쳐다보다가 다시 교서중 앞 횡단보도로 방향을 틀었다. 진아가 기다리고 있는 누군가가 어느 방향에서 나타날지 진아도 모르는 모양이었다.

진아가 이쪽저쪽으로 방향을 틀고 있는 새 교왕산 방향 길 건너편에서 누군가가 나타났다. 진아와 같은 교복을 입고 있는 학생이었는데, 한쪽 어깨에 진아의 가방을 메고 있었다. 진아의 가방을 챙겨 온 모양이었다.

"신희야, 내가 그쪽으로 갈게!"

신호등 아래에서 진아가 소리를 높였다. 윤아는 멀거니

진아와 길 건너편에 있는 신희를 쳐다보았다. 신희가 진아를 바라보며 벙싯 웃는데, 얼굴이 맑았다. 바짝 긴장하고 있던 윤아의 마음이 스르르 풀렸다.

띠리리리.

소리와 함께 신호등의 불빛이 바뀌고, 진아가 길을 건너기 시작했다. 건너편에서 신희도 성큼성큼 걸음을 옮겨 진아를 맞았다. 진아는 신희에게서 가방을 받아 들었고, 신희는 진아의 손에서 비닐 봉지를 건네받았다. 둘은 사뿐사뿐 걸음을 맞춰 교왕산 쪽으로 향했다. 신희와 함께하는 진아의 걸음은 편안해 보였다. 윤아는 더 이상 진아를 쫓지 않기로 했다.

집으로 돌아오다가 윤아는 핸드폰을 열었다. 오후 5시가 다 되어 가고 있었다. 한 시간만 있으면 학원에 갇혀야 할 시간이었다. 평소 같으면 집에서 음악을 들으며 쉬엄쉬엄 몸과 마음을 풀어 주고, 간단하게 저녁을 챙겨 먹고, 가뿐하게 학원으로 나섰을 텐데 오늘은 틀렸다. 진아 때문에 신경이 바짝 곤두섰던 탓에 윤아는 기력을 잃었다. 입에서 내리 한숨만 터졌다.

집으로 돌아와 옷을 갈아입고 침대에 누웠다. 이대로 한숨 푹 자고 일어났으면 싶었다. 하지만 야속한 시간은 뒤

한 번 돌아보지 않고 째깍째깍 제 갈 길을 갔다. 학원을 빼
먹으면 엄마에게 곧장 연락이 간다. 그러면 엄마는 아주
예민한 눈길로 윤아를 살필 것이다. 윤아는 꿰뚫어 보려는
듯한 엄마의 눈길이 영 불편했다.

자리를 털고 일어나 부엌으로 갔다. 오늘 저녁 메뉴는
순두부찌개였다. 월요일부터 금요일까지 매일 오전이면
가사 도우미가 집으로 왔다. 그리고 청소를 하고, 빨래하
고, 저녁을 준비해 놓고 사라졌다. 다행히 가사 도우미의
음식은 맛이 있었다. 윤아는 순두부찌개를 인덕션에 올려
놓고, 밥통에서 따뜻한 밥을 공기에 퍼 담았다. 냉장고에
서 마른반찬 몇 가지를 꺼내 식탁을 차렸다. 혼자 먹는 밥
상이 제법 근사했다. 순간 정우가 생각났다.

순두부찌개까지 식탁 위에 올려놓고, 윤아는 정우에게
영상 통화를 걸었다.

"저녁 먹어?"

화면 안에 편의점 계산원 복장을 한 정우의 얼굴이 나타
났다. 윤아는 밥을 우물거리며 고개를 끄덕였다.

"오늘 반찬은 뭐야?"

"순두부찌개."

대답하며, 윤아는 핸드폰을 들어 식탁을 비췄다.

"맛있겠다!"

정우 목소리가 가볍게 날아올랐다.

"나도 오늘 저녁에 순두부찌개 해야겠다."

"너, 순두부찌개도 할 줄 알아?"

윤아가 눈을 동그랗게 뜨고 물었다. 정우는 당연하다는 듯 고개를 끄덕였다.

"알바 중?"

윤아가 물었다. 이번에도 정우는 고개를 끄덕였다.

"또 대타 뛰는 거?"

윤아의 물음에 정우는 히죽 웃었다. 긍정의 답이었다.

"대타 말고, 그냥 제대로 된 알바 자리 하나 구하지 그 래?"

윤아의 물음이 뾰족해졌다. 정우는 누군가의 대타 아르 바이트를 꽤나 자주 섰는데, 대타 아르바이트의 경우, 법 정 최저 시급도 제대로 받기 어려웠다. 근로 계약서를 작 성한 본인이 아니기 때문이었다. 일하는 시간이 들쭉날쭉 한 건 물론이고, 대타를 세우는 누군가의 시간에 무조건 맞춰야 했다. 그러니까 갑을 관계의 을보다도 훨씬 못한 자리가 대타 아르바이트였다.

"나도 제대로 하면 좋지."

무엇인가를 정리하다 말고, 정우가 윤아를 똑바로 바라보았다. 그리고 말을 이었다.

"근데 내가 제대로 일을 하고, 돈을 제대로 벌면……."

"지금 받고 있는 지원금은 모두 끊긴다!"

정우의 말을 윤아가 받았다. 이미 정우에게서 여러 번 들은 이야기였다.

"이렇게라도 돈을 벌 수 있어서 다행이라니까. 걱정하지 마."

정우는 아무렇지 않은 듯 배시시 웃었다. 그래도 윤아의 마음은 편안하지 않았다.

"무슨 복지가 이러냐. 돈 없는 사람이 돈을 벌면 지원을 끊는다니. 계속 지원해 주는 돈만 받으면서 일도 하지 말고 그냥 살라는 거잖아."

윤아가 뾰로통하게 말을 뱉었다. 화면 너머에서 정우는 고개를 까딱거리며 '그렇지, 그렇지.' 추임새를 넣었다. 계산대 앞으로 그림자가 다가왔다. 손님이 온 모양이었다. 정우가 윤아를 쳐다보았다.

"일해."

윤아는 얼른 전화를 끊었다. 기분을 풀고 싶어서 정우를 찾은 거였는데 더 불편해졌다.

친구가 돈을 벌기 위해 일을 한다. 그것도 지원금이 끊길까 봐 눈치를 보아 가며 남의 일을 대신 떠맡아서 해 준다. 또 다른 친구는 엄마 카드를 아무렇지도 않게 긁으면서 몇만 원짜리 간식을 사 먹는데 말이다. 참 불공평한 세상이다.

담보

　수연은 게슴츠레한 눈을 손등으로 비비적거렸다. 욕실 거울에 푸석푸석한 얼굴이 타인처럼 어색하게 드러났다. 수연의 컨디션은 요즘 엉망이었다. 엄마 아빠를 비롯해 윤아와 서린, 유주까지 수연의 주변이 전부 덜그럭거리는 느낌이었다. 깊고 좁은 틈새에 발목이 꽉 끼어 있는 듯한 느낌, 빨리 탈출하고 싶어 허우적거리고 있는 모양새. 딱 수연이 그런 것 같았다. 기분이 나빴다. 수연은 머리를 저었다.

　탕탕!

　"변수연, 빨리 나와!"

　엄마가 욕실 문을 거칠게 두드렸다.

　"아, 왜에?"

　수연이 오만상을 찌푸리며 소리를 높였다.

　"빨리 가야 해."

　"어디일?"

　수연이 짜증스럽게 물었고, 엄마는 병원이라고 짧게 말

했다.

"병원?"

"응! 이모할머니 돌아가셨대!"

엄마가 문밖에서 대꾸했다. 수연은 눈을 휘둥그렇게 뜨고 욕실 문을 열었다. 엄마는 전화기를 붙잡고 거실을 왔다 갔다 하며 초조한 듯 손톱을 깨물었다.

"이모할머니가 돌아가셨다고?"

수연이 엄마에게 바짝 다가가며 물었다.

"응, 빨리 준비하고 나와."

말을 마치고, 엄마는 몸을 홱 돌렸다. 그리고 다시 통화 버튼을 눌렀다.

"아, 왜 이렇게 늦게 받아?"

통화 연결이 되자마자 엄마는 용건부터 말했다.

"이모 돌아가셨대."

받은 사람은 아빠인 듯했다. 수연은 얼른 욕실로 돌아왔다.

"할머니가 돌아가셨다고?"

거울을 보며 혼잣말을 되뇌는데 왈칵 눈물이 솟구쳤다. 문밖에서 엄마는 누군가와 계속 통화를 하는 것 같았다. 엄마도 정신이 없는 모양이었다.

가까스로 울음을 추스르고 방으로 들어왔다. 그새 엄마는 새까만 원피스를 침대에 내어놓았다. 그리고 학교에 전화를 걸어 사정을 설명하는 듯했다. 수연은 옷을 갈아입고 거실로 나왔다.

"언제 돌아가신 건데?"

"몰라!"

엄마는 잔뜩 성이 오른 목소리였다. 이모할머니가 돌아가신 건 어떻게 알았는지, 이모할머니가 돌아가시던 순간에 옆에 누가 있기는 했는지, 홀로 가쁜 숨을 몰아쉬다가 떠나 버리신 건지, 끝도 없이 궁금한 게 솟았지만 하나도 물을 수 없었다. 엄마의 얼굴은 매우 날카로웠다. 잘못 건드렸다가는 깊게 베일 것 같았다.

수연은 소파에 엉덩이를 붙이고 앉아 핸드폰만 바라보았다. 막막한 상황인데, 연락할 친구 얼굴이 한 명도 떠오르지 않았다. 윤아, 윤아에게 연락해 볼까. 하지만 요즈음 윤아와도 서먹했다. 또 눈물이 차올랐다. 그러는 새 엄마의 전화벨이 울렸다. 엄마는 곧장 집을 나섰다.

주차장에는 아빠가 와 있었다. 수연은 엄마와 함께 아빠의 차에 올랐다.

"막내 이모가 와 계신다고?"

핸들을 돌리며 아빠가 물었다. 엄마는 부루퉁한 얼굴로 그렇다고 답했다.

"어떻게 막내 이모한테서 연락이 온 거지?"

주차장을 빠져나가며 아빠가 고개를 갸웃 저었다.

"기가 막혀. 큰이모 요양 병원에 입원시켜드린 것도 우린데……."

엄마는 불만이 가득한 얼굴로 창밖을 내다보았다. 수연은 멀거니 엄마의 옆얼굴을 바라보았다.

이모할머니에게는 언니와 여동생 그리고 남동생이 있었다. 이모할머니의 언니가 바로 수연의 외할머니였고, 외할머니는 벌써 여러 해 전에 돌아가셨다. 그리고 이모할머니의 여동생 그러니까 수연의 막내 이모할머니는 아들 부부와 함께 경기도 용인 쪽에 살았고, 이모할머니의 남동생은 충청도에서 인삼 농사를 짓고 있었다. 두 분 다 이모할머니와는 왕래가 없어서 이모할머니가 아파서 병원에 실려 갈 때도, 그곳에서 한 달 동안 치료를 받고 결국 요양 병원으로 옮겨 갈 때도, 이모할머니 곁에는 항상 수연의 엄마가 있었다. 그런데 막상 이모할머니의 부음을 막내 이모할머니를 통해서 받으니 엄마의 기분이 이상한 모양이었다. 수연은 엄마의 마음을 알 것도 같았다.

요즘 수연은 윤아를 볼 때마다 기분이 이상하게 틀어졌다. 윤아와는 어렸을 때부터 허물없이 가까이 지낸 사이였다. 적어도 수연의 생각에는 그랬다. 어려서부터 윤아는 항상 의젓했고 그래서 믿음직스러웠다. 수연이 무슨 말을 하건 빙시레 웃으며 수연의 편을 들어 주었고, 수연이 무슨 일을 새로 시작할 때 늘 힘을 보태어 주었다. 그런데 요즈음의 윤아는 달랐다.

수연의 말에 언짢은 내색을 비치기도 했고, 핀잔을 주거나 알 수 없는 표정으로 침묵을 흘렸다. 전에는 온전히 수연의 편이라 생각했는데 지금은 윤아가 수연의 반대편에 서 있는 게 아닐까 의심이 들기도 했다. 특히 수연이 혜리 이야기를 꺼낼 때면 윤아는 언제나 수연의 반대편, 혜리의 곁에 섰다. 그렇다고 윤아가 혜리랑 붙어 다니는 것도 아니었다. 도무지 속을 알 수 없는 애매모호한 관계. 지금 수연의 엄마가 수연의 막내 이모할머니에게서 느끼는 감정이 비슷할 것 같았다.

차로 40분을 달려 장례식장에 닿았다. 장례식장은 어수선했다.

"이모!"

엄마가 신발을 벗고, 안으로 들어가며 막내 이모할머니

를 찾았다. 짧은 파마머리의 막내 이모할머니가 엄마를 쳐다보고는 눈길을 돌려 아빠와 수연을 살폈다.

"뭘 이렇게 서둘러 왔어."

막내 이모할머니가 퉁명스레 말했다.

"그래도 우리가 와야지……."

"정석이가 장례 절차 준비하고 있으니까 넌 걱정하지 마라."

막내 이모할머니가 엄마의 손을 툭툭 치더니 보호자실 문을 열고, 누군가를 불렀다. 막내 이모할머니의 며느리였다. 며느리는 엄마에게 인사를 하고는 이모할머니의 영정 사진을 준비해 오겠다며 장례식장을 나섰다.

"우리 애들이 빠릿빠릿하니 잘해."

막내 이모할머니가 아들, 며느리를 칭찬했다. 그러고는 수연의 아빠를 쳐다보았다.

"변 서방, 요새 일이 어렵다며?"

"네, 뭐……."

수연의 아빠가 머쓱한 듯 뒷머리를 만졌다.

"자네 일 처리하기도 바쁠 텐데 뭘 여기까지 신경을 쓰나……."

막내 이모할머니의 말투에서 슬쩍슬쩍 선을 긋는 것이

느껴졌다. 수연은 멀뚱히 엄마와 아빠를 보았다. 엄마의 얼굴도 잔뜩 굳어 있었다. 잠시 뒤 막내 이모할머니의 아들이 장례식장 관계자와 함께 들어섰다. 그러고는 이모할머니의 장례 절차를 차근차근 막내 이모할머니에게 설명했다. 막내 이모할머니는 아들의 말을 진득하게 듣고는 이런저런 것들을 하나하나 짚어 주고 결정했다. 엄마가 몇 번 이야기에 끼어들려 했지만 소용없었다. 막내 이모할머니 가족과 수연네 가족 사이에 보이지 않는 벽이 높다랗게 세워져 있는 것만 같았다.

이모할머니의 영정 사진이 들어왔다. 순간 수연은 숨이 턱 막히는 것만 같았다. 막내 이모할머니의 며느리가 준비해 온 영정 사진은 수연과 이모할머니가 나란히 찍은 사진이었다. 거기에서 수연을 잘라 내고, 이모할머니만 따서 액자에 담아 온 것이었다. 수연은 영정 사진 앞으로 쪼르르 다가갔다. 이모할머니가 세상을 떠났다는 사실이 온몸으로 전해졌다. 왈칵 울음이 났다.

"할머니이······!"

영정 사진을 붙잡고 와르르 울음을 터뜨리는데, 막내 이모할머니가 부리나케 달려왔다. 그러고는 수연에게서 영정 사진을 빼앗았다.

"얘가 재수 없게 장례 시작도 하기 전에!"

막내 이모할머니 눈에 핏발이 섰다. 수연은 입을 틀어막은 채 영정 사진 속 이모할머니를 바라보았다. 새우처럼 굽은 두 눈 그리고 살포시 올라간 입꼬리. 금방이라도 이모할머니가 사진 속에서 튀어나와 수연을 달래 줄 것만 같았다. 도저히 울음을 멈출 수 없었다.

"흐억, 흐으어억……."

"얘, 수연 엄마야, 너희는 집에 가라. 갔다가 여기 정리 끝나면 다시 와."

막내 이모할머니가 성을 냈다.

"이모, 지금 그게 무슨 말이에요? 큰이모 병원에 입원하실 때까지 지척에서……."

"그래. 애썼으니까 장례는 우리가 맡아서 지낸다고. 어차피 언니한테는 내가 제일 가까운 사람이야."

말을 마치고 막내 이모할머니는 부리나케 몸을 돌렸다. 그새 빈소에 제단이 놓이고, 국화꽃이 무더기로 들어왔다. 수연은 꺽꺽거리는 울음을 삼키며 빈소 입구에 쪼그려 앉았다.

"가자."

아빠가 나직하게 말을 뱉더니 뚜벅뚜벅 빈소를 빠져나

갔다. 아빠는 막내 이모할머니에게 인사를 건네지 않았고, 막내 이모할머니네 가족들도 아빠를 잡지 않았다. 엄마가 수연의 팔을 잡았다. 수연은 젖은 눈으로 엄마를 올려다보았다. 수연은 버티고 싶었다. 이모할머니의 마지막 가는 길을 수연이 함께하고 싶었다.

"갔다가 다시 와."

"왜?"

수연이 따졌다. 엄마가 빈소를 쳐다보았다. 빈소에서 막내 이모할머니와 그 식구들은 분주하게 움직이고 있었다.

"여기 있기 싫어."

엄마가 얼굴을 구기며 몸을 돌렸다. 수연은 이대로 물러나고 싶지 않았다. 하지만 엄마와 아빠는 포기를 한 듯했다. 수연은 제단에 올려놓은 이모할머니의 영정 사진을 바라보았다. 볼수록 꿀렁거리며 울음이 올라왔다. 다시 막내 이모할머니의 모진 목소리가 따라붙을 것 같았다. 이모할머니의 마지막 길에 사납고 억센 소리가 울려 퍼지는 건 수연도 바라지 않았다. 수연은 느릿느릿 몸을 일으켰다.

집으로 돌아와 간단히 끼니를 때우고서도 수연은 내내 마음을 잡지 못했다. 장례식장에서 보았던 이모할머니의 영정 사진이 자꾸만 눈앞에 아른거렸다. 차디찬 얼굴로 영정 사진을 붙잡고, 제단을 만지던 막내 이모할머니의 모습도 떠올랐다. 막내 이모할머니의 등장은 수연에게도 갑작스러웠다. 이모할머니랑 수연이 가깝게 지내던 몇 년 동안 막내 이모할머니는 한 번도 나타난 적이 없었다. 그만큼 이모할머니와도 데면데면하게 지내던 사이였다. 그런데 갑자기 나타나 장례식만큼은 자신이 치르겠다고 나선 것이다. 수연은 막내 이모할머니가 미웠다.

수연은 침대에서 벌떡 일어났다. 다시 장례식장으로 가야겠다 싶었다. 수연이 이모할머니 곁을 지켜야 할 것 같았다. 방문을 열고 거실로 나서려는 순간이었다.

"애초에 기대를 말았어야 해!"

아빠 목소리가 험하게 솟았다. 집 안에서 한 번도 큰 소리를 낸 적이 없는 아빠였다.

'뭐지? 왜 그러지?'

수연의 손이 달달 떨렸다. 엄마가 뭐라고 대꾸를 하는 것 같더니 탕! 무엇인가가 내리쳐지는 소리가 들렸다. 수연의 가슴은 빠르게 방망이질을 시작했다.

"그럼 어떻게 할 건데?"

엄마까지 날카롭게 소리를 질렀다. 수연은 조심스럽게 방문을 열었다. 얇은 틈 사이로 거실이 보였다. 엄마가 베

란다 앞에 놓인 일인용 소파에 앉아 아빠를 올려다보고 있
었다. 아빠는 엄마에게서 등을 돌린 채 뒷머리만 벅벅 긁
었다. 몹시 곤란한 듯 보였다.

"시간이 얼마 없어. 빨리 막아야 한다고!"

아빠가 엄마를 돌아보며 주먹을 불끈 쥐었다.

"나도 알아, 그런데 큰이모가……."

이번에는 엄마가 고개를 푹 숙이며 양손으로 얼굴을 감
쌌다. 아빠가 엄마 앞으로 바싹 다가갔다.

"잠깐 빌리는 걸로 해서, 말씀을 좀 드려 봐. 309동 이모
님 댁이라도 담보를 잡아 둬야 자금줄이 풀린다고."

아빠 목소리도 파들파들 떨리는 것 같았다. 엄마는 길게
한숨을 뱉었다.

"아빠!"

방문 앞에서 수연이 아빠를 불렀다. 아빠가 놀란 얼굴로
수연을 보았다.

"너 자고 있었던 거 아니야?"

엄마가 소파에서 일어서며 수연을 돌아보았다. 엄마 얼
굴도 부르르 떨리는 것만 같았다.

"엄마, 왜 그래?"

수연이 물었다.

"아니야, 됐어. 아무것도 아니야."

엄마가 서둘러 수연에게 다가왔다. 아빠는 양손으로 마른세수를 하더니 현관을 향해 저벅저벅 걸음을 옮겼다.

"이모할머니한테 안 가?"

수연이 아빠를 잡았다. 아빠가 힐끗 엄마를 보았다.

"아빠는 바쁘대. 우리 둘이 가."

엄마가 아빠를 잡고 있는 수연의 손을 떼어 냈다. 아빠는 아무 말도 하지 않고 집을 빠져나갔다. 차가운 공기가 집 안을 휘감았다.

"엄마, 아까 아빠랑……."

"가 보자. 이모할머니한테."

엄마가 수연의 말을 싹둑 잘라 버렸다. 그러고는 머리를 양손으로 끌어 올려 정돈했다. 원래의 엄마 모습으로 돌아온 듯했다. 자신감이 넘치는, 매사 걱정이 없는 엄마의 모습. 그런데도 수연의 마음은 편안해지지 않았다. 조금 전 엄마와 아빠가 나누던 말들이 수연의 머릿속을 헤집었다.

'이모님 댁, 담보, 자금줄…….'

덩달아 막내 이모할머니의 냉혹한 목소리도 울렸다.

'변 서방, 요새 일이 어렵다며?'

마치 벌레라도 떼어 내려는 듯 막내 이모할머니는 수연

의 엄마와 아빠에게 눈길 한 번 건네지 않았다. 생각해 보니 그 순간이 무척이나 수치스러웠다. 그런 느낌은 처음이었다. 확 얼굴이 달아올랐다.

"막내 이모할머니랑 싸울 거야?"

엄마랑 주차장으로 내려가면서 수연이 물었다.

"싸우기는, 얘가 별소리를 다 하네."

엄마가 자동차에 시동을 걸며 퉁명스레 말했다. 마치 아무 일도 없는 척, 애를 쓰고 있는 게 수연의 눈에 비쳤다. 수연은 불안했다. 불길한 느낌이 머릿속 뿌연 안개 사이로 빠르게 번졌다.

설거지

혜리는 도망치듯 집을 빠져나왔다. 교서동으로 이사를 온 뒤로 혜리의 마음은 내내 불편했다. 그 이유가 무엇인지 인지하기 어려웠는데, 지난밤에 확실하게 깨달았다. 모든 게 혜리 때문이었다.

어젯밤 10시 25분. 혜리는 학원 수업을 마치고, 교실에서 심화 문제를 들여다보다가 학원을 나섰다. 전에는 학원 수업이 끝나기가 무섭게 학원을 빠져나와 미리 대기하고 있던 엄마 차를 타고 독서실로 갔는데, 엄마가 일을 시작하면서부터는 학원에서 20분 정도 시간을 때워야 했다. 엄마의 일이 밤 10시에 끝나기 때문이었다. 일을 끝내고, 곧장 학원 앞으로 온 엄마는 혜리를 태우고 독서실에 갔다가, 새벽 1시쯤 다시 독서실로 혜리를 데리러 왔다. 교서동으로 이사를 오고, 학원과 독서실 스케줄을 모두 정리하고 난 뒤 빼놓지 않고 되풀이되는 엄마와 혜리의 일상이었다. 그런데 어젯밤 학원 앞에는 엄마 차가 나타나지 않았다. 혜리는 핸드폰을 확인했다. 엄마에게서 연락이 온 것도 없었다. 혜리는 주위를 두리번거리며 엄마 차를 찾았다. 하지만 학원 앞 도로를 이리저리 훑어보아도 엄마 차는 없었다. 이상하다 싶어 핸드폰을 꺼내는데, 아빠에게서 전화가 걸려 왔다.

"엄마가 병원에 실려 왔어. 지금 아빠도 병원이거든. 너 오늘은 독서실 쉬고, 집에 가 있어라."

아빠는 다급하게 말을 전하고, 전화를 끊었다. 혜리는 다시 아빠에게 전화를 걸었다. 엄마가 어쩌다가 병원에 실려 간 건지 어디가 얼마나 아픈 건지 궁금한 것 투성이었다. 하지만 아빠는 전화를 받지 않았다.

교서아파트를 향해 터벅터벅 걸음을 옮겼다. 학원에서 아파트까지 걸어서 20분도 채 걸리지 않았다. 그래도 엄마는 줄기차게 차로 혜리를 태우고 다녔다. 공부하는 아이가 다른 일에 체력을 쓰면 안 된다는 것이었다.

"여기 엄마들은 다 이래. 엄마만 유별 떠는 거 아니야."

엄마가 그렇게 말했을 때, 혜리가 말렸더라면 어땠을까. 뒤늦게 후회가 밀려왔다.

늦은 밤, 거리의 공기는 상쾌했다. 학원 수업이 끝난 시간이라 또래 아이들도 많았고, 늦은 운동을 하러 나선 어른들도 많았다. 그들이 쏟아 내는 소음도 나쁘지 않았다.

오랜만에 여유로움이 느껴졌다. 마음 한편에 생긴 구멍 사이로 바람이 들어왔다. 혜리는 오래도록 가슴속 바람을 느끼고 싶었다. 하지만 아빠의 다급한 목소리가 마음에 걸렸다. 엄마가 병원에 갔다는데, 홀로 거리를 거닐며 여유를 느끼는 게 정상인가 싶었다. 혜리는 마음을 고쳐 잡고 교서아파트로 들어섰다. 불 꺼진 집이 낯설었다.

방으로 들어와 가방을 풀고, 혜리는 다시 책상 앞에 앉았다. 엄마가 왔더라면 독서실에서 그날 공부한 내용을 복습할 시간이었다. 혜리는 어질러진 생각들을 책상 한편에 치우고 꾸역꾸역 오답 노트를 정리했다.

밤 11시를 훌쩍 넘긴 시각, 다시 혜리의 핸드폰에 벨이 울렸다.

"집이야?"

엄마 목소리였다.

"엄마!"

혜리가 목청을 높였다.

"뭐 하고 있어?"

엄마가 물었다.

"엄마는?"

혜리는 대답 대신 엄마에게 질문을 던졌다.

"집에 가려고 준비 중이야."

"어쩌다가 병원에 간 거야?"

"별거 아니야. 그나저나 너, 독서실 못 가서 어떡하니……."

"엄마는 지금 그게 문제야?"

혜리는 속이 상했다. 병원에 실려 갔다면서 혜리의 독서실을 걱정하고 있는 엄마가 안타까웠다. 전화기 너머에서 아빠 목소리가 들렸다. 응급실 원무과에서 결제를 하고 돌아온 모양이었다.

"엄마 금방 갈 거니까, 넌 네 할 일 하고 있어."

엄마 목소리에 기운이 하나도 없었다.

전화를 끊고, 혜리는 방을 나왔다. 그리고 집 안을 휘 둘러보았다. 거실 탁자에는 아무렇게나 쌓아 놓은 책이 며칠째 그대로였고, 소파 옆에는 키 큰 녹색 식물이 생기를 잃고 축 늘어져 있었다. 애문아파트에 살 때 엄마가 애지중지 가꾸던 꽃 화분은 자취를 감춘 지 오래였다. 교서동으로 이사 온 지 고작 두 달 반. 그동안 집 안의 공기가 바뀌었다. 혜리는 탁자 위의 책을 가슴에 안고, 소파 뒤쪽의 책꽂이 앞에 섰다. 엄마가 주로 보는 책들은 오른쪽 상단에 꽂혀 있었는데 대부분이 자녀 교육과 관련된 것이었다. 예전에는 에세이나 소설책도 가끔 눈에 뜨였는데 이제는 대입 전형을 비롯한 입시, 교육 관련 책만 수두룩했다.

'엄마는 이런 책을 왜 이렇게 열심히 읽는 걸까.'

엄마가 읽다 만 책들을 책꽂이에 꽂으며 혜리는 생각했다. 도대체 엄마에게 혜리의 교육과 대입은 뭐지? 한 번도 엄마랑 대화를 나눠 본 적은 없었다.

눈길을 돌려 혜리는 부엌을 보았다. 거실만큼이나 부엌도 생기를 잃어버렸다. 생각해 보니 평일에는 엄마 아빠와 식탁 앞에 둘러앉아 밥을 먹은 적이 없었다. 엄마도 혜리도 늘 밤늦게 집에 들어왔고, 아빠는 새벽같이 출근했다. 가족의 일상 시간이 하나도 맞지 않았다.

푸우, 한숨을 내쉬며 혜리는 행주를 빨아 식탁과 조리대 주변을 닦았다. 자꾸만 애문아파트에 살 때가 떠올랐다. 그때는 부엌도 늘 깔끔하게 정돈되어 있었고, 부엌에서 쓰는 식기 하나하나에 엄마의 애정이 더해져 반짝반짝 빛나는 것 같았다. 그런데 왜 이렇게 다 볼품없어졌을까. 매일같이 아침저녁으로 물기를 머금었다가 마른행주로 닦이기를 반복하던 식기들이 쓰임새를 다하지 못하고 있었다. 혜리네 가족의 단란한 식사 시간도 함께 잊혀지고 있는 것 같았다.

혜리는 싱크대 선반에서 먼지 앉은 접시를 꺼냈다. 그

리고 부엌용 세제를 물에 풀어 접시를 하나씩 씻어 건조기에 넣었다. 하는 김에 싱크대 하부에 있는 식기도 모두 꺼냈다. 세제 거품이 씻겨 나가고 뽀얗게 반짝이는 식기들을 보니 개운해지는 기분이었다. 이래서 마음이 답답할 때 설거지를 하나 보다 싶었다. 머릿속도 덩달아 맑아지는 기분이었다.

"지금 뭐 하는 거야?"

엄마 목소리가 쨍하니 솟았다. 혜리는 수도꼭지를 잠그고 엄마를 보았다. 엄마가 성큼성큼 혜리에게 다가왔다.

"지금 네가 왜 이런 걸……!"

말을 하면서 엄마는 온몸을 부들부들 떨었다. 뒤늦게 집으로 들어온 아빠가 엄마를 잡았다.

"공부할 시간에 왜 이런 걸 하고 있냐고!"

엄마가 빽 소리를 질렀다.

"조용히 해."

아빠도 엄마에게 화를 냈다.

"나는 그냥……."

어쩌다가 설거지를 시작했는지 혜리도 알 수 없었다. 그냥 무엇인가에 이끌리듯 싱크대 앞에 섰고, 이전과는 달리 먼지를 뒤집어쓰고 있는 식기들이 마음에 걸렸다. 한껏 주늦이 든 채 뒤로 숨으려고만 하는 혜리 자신을 보는 것도 같았다. 이것들만이라도 반짝반짝 빛나게 해 주고 싶었다. 이전에 엄마가 그랬던 것처럼 부엌은 물론 집 안 전체에 생기를 불어넣어 주고 싶었다. 그러면 병원에서 돌아온 엄마가 기뻐하지 않을까. 편안하다 여기지 않을까 기대했지만 혜리의 생각은 완벽하게 빗나갔다.

"내가 너 이런 거 하라고 이 고생을 하는 줄 알아?"

엄마가 싱크대 앞으로 다가와 세제를 뒤집어쓴 식기들을 확 뒤엎어 버렸다. 그러고는 수도꼭지를 열어 물을 쏟아부었다. 정성이라고는 두 눈을 씻고 찾아보려고 해도 찾아볼 수 없는 행동이었다.

"당신 정말 왜 이래?"

아빠가 수도꼭지를 잠그고 엄마를 말렸다. 엄마는 파란 빛을 뿜으며 돌아가고 있는 건조기도 팍 꺼 버렸다.

"너는 이딴 설거지 신경 쓰지 말고, 공부나 하란 말이야!"

엄마가 혜리를 사납게 쳐다보았다. 혜리는 얼른 고개를 숙였다.

"당신이 병원에 갔다니까 그런 거지. 혜리가 딴짓하는 애야?"

아빠가 소리를 높였다. 엄마의 사나운 얼굴이 아빠에게로 돌아갔다.

"당신이 몰라서 그래. 여기로 이사 온 뒤로 혜리 성적이 얼마나 떨어졌는지 알기나 해? 도대체 내가 애한테 못 해 준 게 뭔데. 남들 하는 만큼 다 해 주고 있는데 왜!"

퍽!

아빠가 식탁 위에 놓인 사각 티슈를 있는 힘껏 바닥에 던졌다.

"그만해!"

아빠의 목소리는 한없이 무거웠다. 엄마가 싱크대 앞에 스르르 주저앉았다.

"어떻게 알았어?"

혜리가 엄마에게 물었다. 혜리의 몸은 바들바들 떨렸다.

"네가 감추고 숨긴다고 모를 줄 알아?"

엄마가 몸을 외로 틀며 입술을 실룩거렸다. 혜리는 엄마 앞에 무릎을 꿇었다.

"그만 들어가서 자자. 늦었다."

아빠가 큰방으로 들어가며 말을 던졌다. 아빠의 목소리는 건조했다.

"너 이렇게 쉽게 무너질 애 아니잖아. 잘할 수 있잖아."

엄마가 엉덩이를 끌며 혜리에게 다가왔다. 혜리는 아무 말도 할 수 없었다.

"누구보다 멋지게 너 키우려고……."

"그만 자자니까?"

아빠가 빽 소리를 질렀다. 그러고는 다시 씩씩거리며 엄마와 혜리 곁으로 다가왔다.

"당신 당장 일 그만두고 집안일에 신경 써. 집 안 꼴이 엉망이니까 애가 나선 거 아니야."

"여보, 당신은 진짜……."

엄마는 억울해 못 견디겠다는 듯한 얼굴로 아빠를 올려다보았다.

"잘하고 있는 애 데려다가 도대체 뭐 한 거냐고. 이럴 거면 뭐 하러 무리해서 이사를 온 거야."

아빠 목소리가 거칠어졌다. 그럴수록 혜리의 마음은 콩알만큼 작아지고 또 작아졌다. 모든 일은 혜리 때문이었다. 교서동으로 이사를 오지 않았더라면, 애문동에서처럼 교서동에서도 혜리가 모든 것을 척척 잘했더라면, 그랬더라면 집안 분위기도 달라지지 않았을까.

방으로 들어와 혜리는 침대 위에 웅크리고 앉았다. 엄마의 사나운 목소리, 아빠의 묵직하고 거친 목소리가 혜리의 머릿속을 마구 헤집고 다녔다. 그럴수록 혜리는 살얼음판 위를 걷는 것 같았다. 살얼음판은 금방이라도 와작 소리를 내며 깨질 것 같았고, 혜리는 곧 무너질 것 같았다. 무너지지 않을 방법이 없을까. 생각하느라 혜리는 밤새 잠을 제대로 이루지 못했다.

"왜 이렇게 일찍 가?"

정신없이 학교로 향하고 있는데 누군가가 알은체를 했다. 수연이었다. 너야말로 왜 이렇게 일찍 가냐고 묻고 싶었다. 하지만 혜리는 모르는 척 걸음을 옮겼다. 수연이랑 사사로운 이야기를 주고받는 사이는 아니었다.

"우리……"

수연이 혜리를 쫓아오며 말을 붙였다. 이러던 아이가 아니라서 혜리는 걸음을 살짝 늦췄다.

"이모할머니 돌아가셨어."

수연이 말했다. 혜리는 자리에 우뚝 선 채 수연을 보았다.

"너희 집주인 말이야."

수연이 말을 붙였다. 혜리는 아랫입술을 잘근 깨물었다. 말하지 않아도 될 것을 수연은 굳이 짚어 내어 상대방의 가슴을 찔렀다. 혜리는 휘리릭 몸을 돌렸다.

"이모할머니네 집 판다던데, 들었어?"

수연이 혜리를 쫓아오며 물었다. 순간 혜리의 신경이 바짝 곤두서면서, 살얼음판에 쩍— 금 가는 소리가 들렸다.

"요즘 시세보다 싸게 내놨대. 그냥 너희가 사."

수연이 선심 쓰듯 말했다. 혜리는 걸음을 멈추고 수연을 돌아보았다.

"넌 남의 집 일에 참견하는 게 취미니?"

"뭐?"

수연이 얼굴을 일그러뜨렸다.

"우리가 그 집을 사든 말든 너하고는 상관없잖아."

모처럼 혜리는 야무지게 속엣말을 뱉어 냈다. 마음속은 후들후들 떨렸다.

"야, 나는 그냥!"

수연이 멈칫거렸다. 그러는 새 윤아가 빠른 발걸음으로 다가왔다.

"너희들 여기에서 뭐 해?"

윤아가 묻는데, 수연이 빽 소리쳤다.

"월세로 사는 것보다 좋을 테니까 하는 소리지. 좋은 거 하라는데 왜 시비야?"

혜리는 아랫입술을 질끈 깨물었다. 그리고 매서운 얼굴

로 수연을 쏘아보았다. 눈치도 없이 눈물이 핑그르르 돌았다.

"아, 아무리 집을 싼값에 내놓았어도 너희한텐 무리인가 봐?"

수연이 가소롭다는 듯 입술을 실룩거렸다.

"야, 변수연!"

윤아가 외쳤다. 동시에 혜리의 가방이 수연의 가슴을 팍 밀쳤다.

쿵!

수연이 엉덩방아를 찧었다. 윤아가 놀란 얼굴로 수연을 잡았다. 그러거나 말거나 혜리는 신경 쓰고 싶지 않았다. 상대방에 대한 배려라고는 눈곱만큼도 없는 아이. 혜리는 씩씩거리며 몸을 돌렸다. 두 번 다시 말 섞지 말아야지. 다시 한번 마음속에 빗장을 걸었다. 살얼음판 위, 부서진 얼음 조각들은 차디찬 물속으로 곤두박질쳤다.

숨겨 둔 성적표

윤아는 가슴이 답답했다. 평소보다 조금 이른 등교 시간에 수연과 혜리는 왜 집 앞에서 신경전을 벌이며 목청을 높였을까.

'아, 아무리 집을 싼값에 내놓았어도 너희한텐 무리인가 봐?'

수연이 내뱉은 말이 윤아의 마음을 건드렸다. 동시에 정우도 떠올랐다. 정우가 들었다면 어땠을까? 도대체 수연은 저따위 말을 왜 아무렇지도 않게 내뱉는 걸까? 수연에게 불뚝불뚝 화가 치밀었다.

"변수연!"

학교가 보이는 횡단보도 앞에서 윤아는 수연을 불러 세웠다. 수연이 삐뚜름한 얼굴로 윤아를 보았다.

"너 왜 그랬어?"

윤아가 물었다.

"내가 뭘?"

수연이 눈썹을 찡그렸다.

"아까 말이야, 혜리한테 굳이⋯⋯."

"아이, 짜증 나! 네가 뭔데 나한테 이래라저래라야. 네가 내 언니라도 돼? 네가 내 엄마야?"

수연이 신경질적으로 소리를 질렀다. 무엇인가 단단히 화가 난 듯했다. 윤아는 301호를 떠올렸다. 지금 혜리네가 살고 있는 그 집은 수연의 이모할머니 집이었고, 수연의 이모할머니는 며칠 전에 세상을 떠나셨다. 이모할머니 때문에 날이 선 거였나.

"아! 미안⋯⋯."

수연에게 사과를 하려는데, 수연이 성난 얼굴로 횡단보도에 발을 들였다. 그새 신호등에 초록불이 들어왔다. 윤아는 부리나케 수연을 쫓았다.

"수연아⋯⋯."

"따라오지 마! 알은척도 하지 마!"

수연은 냅다 소리를 지르고 잰걸음으로 학교 정문을 지났다. 윤아는 멀거니 수연을 바라보았다. 윤아의 얼굴이 확 뜨거워졌다. 큰일을 치르고 학교에 나온 친구에게 무슨 짓을 한 걸까, 후회스러웠다. 혜리보다는 수연의 마음을 먼저 살폈어야 했다. 학교에 가서 기회를 살펴 제대로 사과해야지. 윤아는 마음을 다잡고 학교로 향했다.

수연은 책상에 엎드린 채 내내 핸드폰만 들여다보았다. 전처럼 데시벨을 높여 가며 떠들거나 깔깔거리지도 않았다. 이모할머니를 떠나보낸 충격이 꽤 큰 것 같았다.

"변수연……."

1교시 수업이 끝나고, 윤아는 수연에게 다가가 수연의 어깨를 잡았다. 수연이 화들짝 놀라며 자리에서 벌떡 일어났다. 그러고는 교실을 빠져나갔다. 윤아도 부리나케 수연을 따라갔다. 수연은 계단참 큰 창문 앞에 우뚝 선 채 운동장을 바라보고 있었다. 학교 담장을 따라 줄줄이 자라고 있는 나무에는 5월의 물이 한껏 올랐다.

"미안해."

윤아가 수연에게 사과했다. 수연은 빤히 윤아를 쳐다보았다.

"뭐가?"

"아침에……."

"됐어."

수연은 윤아의 말을 차갑게 끊었다. 그러고는 다시 창밖으로 눈을 돌렸다.

"그렇지 않아도 너, 힘들 텐데……."

"내가 왜?"

윤아의 말에 수연이 날카롭게 반응했다.

"아니, 이모할머니가……."

"됐어. 알은척 좀 하지 말라고."

수연은 또다시 성질을 부리며 쿵쾅쿵쾅 교실로 들어갔다. 수연의 마음이 잔뜩 꼬여 있는 듯했다. 쉽게 풀릴 것 같지 않았다. 윤아는 얕게 숨을 뱉으며 교실로 돌아갔다. 그리고 하루 종일 수연의 주위를 서성이며 수연을 관찰했다. 수연은 한없이 맥이 빠진 얼굴로 하루를 버티고 있었다. 윤아가 가까이 다가갈 기회도 주지 않았다. 잔뜩 모가 나 있는 수연은 대하기가 까다로웠다.

어지러운 마음을 다잡으며 하루를 보내고, 윤아는 집으로 돌아왔다. 그런데 현관에 엄마 신발이 있었다. 윤아는 가방을 어깨에 둘러멘 채 집 안으로 들어갔다. 당연히 큰방이나 서재에 있을 줄 알았는데, 엄마는 진아 방에 있었다.

"엄마, 뭐 해?"

진아 방 문턱에서 윤아가 물었다. 정신없이 진아 책상 서랍을 뒤적이고 있던 엄마가 윤아를 보았다.

"하아, 진아가……."

엄마가 한숨을 내쉬며 침대에 털썩 주저앉았다. 그리고

는 진아의 책상을 가만히 바라보았다. 진아의 책상은 깔끔했다. 언제나 그랬던 것처럼.

"갑자기 왜? 언니한테 무슨 일 있대?"

윤아는 진아 방으로 성큼 들어갔다.

"갑자기 학교에서 뛰쳐나갔대."

엄마 목소리가 가느다랗게 떨렸다. 윤아는 눈썹을 치뜨고 엄마를 보았다. 엄마의 말을 쉽게 알아들을 수 없었다.

"엄마도 몰라. 무슨 말인지. 5교시 수업 끝나고 갑자기 나갔대. 전에도 아프다면서 종종 조퇴했다던데. 너, 뭐 아는 것 없어?"

엄마가 던진 말은 부드럽지 않았다. 매우 거칠고 투박해서 잘못 대꾸했다가는 사나운 가시가 윤아에게로 쏟아질 것만 같았다.

엄마가 침대에서 벌떡 일어났다. 그러고는 책꽂이에서 책을 꺼내 탈탈 털어 내기 시작했다. 도대체 뭘 찾으려고 그러나 싶었다.

"여기에서 뭘 찾는 건데?"

윤아가 물었다. 엄마는 대답이 없었다.

"언니가 없어졌다는데, 없어진 언니가 집에도 아직 안 들어왔는데, 주인 없는 방에서 대체 뭘 찾고 있냐고요?"

"뭐든! 뭐든 찾아야지! 도대체 진아가 요새 무슨 정신으로 살고 있는지……."

엄마가 심술궂게 말을 뱉으며 책을 뒤집고 있는데, 수학 참고서 사이에서 하얀 종이 한 장이 하르르 떨어졌다. 교서고 마크가 새겨진 종이였다. 엄마는 서둘러 종이를 집어들었다. 그러고는 하얗게 질린 얼굴로 손을 달달 떨었다. 윤아는 얼른 엄마 옆으로 다가가 엄마가 쥐고 있는 하얀 종이를 보았다. 교서고등학교 2학년 1학기 중간고사 성적표였다.

"전교 7등이라니!"

엄마가 하얀 종이를 책상 위에 휙 던졌다. 윤아는 엄마가 내던진 성적표를 집었다. 과목별 성적과 석차에 이어 전교 석차가 표기된 부분에 153명 중 7등이라는 숫자가 선명하게 박혀 있었다.

"하아……."

이번에는 윤아의 입에서 한숨이 터졌다. 요즘 진아는 무척이나 힘들어 보였다. 그게 성적 때문이었을까? 진아 성적표에서 숫자 7은 낯설었다. 진아는 중학교 시절부터 줄곧 전교 1등이었다. 교서고로 진학하고 난 뒤로 2등이나 3등을 한 적이 있기는 했지만, 그래도 1학년을 마치던 작

년의 석차는 굳건하게 1등이었다. 그런데 갑자기 7등이라니. 이래서 힘들었던 걸까?

"너 정말 아는 거 없어?"

"……."

윤아는 머릿속이 복잡했다. 엄마랑 아빠에게 말하지 말라던 진아의 눈빛과 말투와 표정이 선명하게 떠올랐다. 지금까지 윤아는 진아의 말을 들었다. 하지만 이제는 어쩔 수 없을 것 같았다.

윤아가 막 입을 떼려는 순간, 엄마의 핸드폰이 울렸다.

"응, 없어. 몰라. 걔 성적이……."

엄마는 짧고 간단하게 대꾸했다. 상대는 아빠인 듯했다.

"알았어."

엄마가 전화를 끊더니 다시 누군가에게로 전화를 걸었다. 그러고는 거실로 걸음을 옮겼다.

윤아는 엄마가 마구잡이로 헤집어 놓은 책들을 정리하고 진아의 방을 찬찬히 훑어보았다. 가지런하게 정돈된 방에서는 온기가 느껴지지 않았다. 진아의 방에 들어올 때마다 늘 그랬던 것 같았다. 진아가 어렸을 때는 이렇지 않았다. 그때는 윤아랑 집 안을 헤집고 다니며 뛰어놀기도 했고, 깔깔깔 소리 내어 잘 웃었다. 물건도 아무 데나 잘 흘리고 다녔고, 그걸 대수롭게 여기지도 않았다. 그런데 초등학교 3학년 무렵부터 진아는 조금씩 달라졌다. 무엇이든 흐트러져 있는 꼴을 참지 못했고, 책상 앞에 앉아 있는 시간이 많아졌다.

초등학교를 졸업하고 중학교에 들어가서는 정도가 더 심해졌다. 진아는 윤아가 조금만 큰 소리를 내도 예민하게 반응했고, 악착같이 책상 앞에서 버텼다. 진아 때문에 윤아는 친구를 집으로 초대할 수 없었다. 불편했지만 엄마와 아빠가 진아 편이어서 윤아는 참았다. 그저 진아가 조금 편안해지기를 바랐다. 그래서 윤아는 진아가 예정에 없던 시간에 불쑥 집에 들어오고, 엄마와 아빠에게 비밀을 만들면서 돌아다니는 걸 알았어도 모르는 척 눈감아 주고 싶었다. 굳이 진아의 부탁이 아니었더라도.

"하아……."

엄마가 한숨을 길게 내쉬며 진아 방으로 들어왔다.

"혹시 언니 친구 중에 아는 애 없어?"

엄마의 물음은 날카로웠다. 그만큼 신경이 바짝 서 있는 듯했다. 윤아는 고개를 저었다.

"학교에서 갑자기 나갔다면서, 친구들 연락처도 안 가르쳐 주면, 도대체 어디에서 누구를 만나 애를 찾으라는 거야.”

엄마가 진아 책상을 두 손으로 잡은 채 혼잣말하듯 외쳤다. 진아의 담임 선생님과 통화를 하고 온 듯했다.

“어떻게 이렇게 아무것도 모를 수가 있지…….”

엄마가 허공을 올려다보며 중얼거렸다. 이번에는 목소리에 탄식이 섞여 있었다. 누구를 향한 탄식인지는 알 수 없었다.

“엄마…….”

진아 편에 서고 싶었지만 하는 수 없었다. 윤아도 진아가 걱정스러웠다.

“언니 말이야…….”

윤아는 진아가 요 며칠 사이에 두어 번 집에 일찍 왔었다고 털어놓았다. 엄마는 기겁한 듯 눈을 크게 뜨고 얼굴을 구겼다.

“그리고 언니 친구 한 명을 본 적 있는데…….”

교서중 앞 삼거리에서 만난 사람, 윤아는 신희를 떠올렸다.

“가 보자!”

윤아의 말이 떨어지기가 무섭게 엄마는 방을 나서려 했다. 윤아는 얼른 엄마를 잡았다.

"그 언니가 어디 사는지 정확히는 몰라."

"진아가 교왕산 쪽으로 갔다면서! 그리로 가 보면 되지. 같이 가."

엄마는 정신없어 보였다. 윤아는 엄마를 도와야 할 것 같았다.

윤아는 메고 있던 가방을 풀어 놓고, 엄마와 함께 집을 나섰다. 엘리베이터를 타고 1층에서 내리는데, 문 앞에 혜리가 있었다. 혜리는 놀란 얼굴로 윤아를 쳐다보더니 이내 몸을 비켰다. 윤아와 윤아 엄마가 꽤나 다급해 보인 모양이었다.

엄마와 함께 교서중 앞 삼거리에서 교왕산 쪽으로 길을 건넜다. 길가 쪽으로는 상가 건물과 몇 동의 아파트가 즐비했는데, 그 뒤로는 2층짜리 주택이 빽빽했다. 엄마는 걸음을 멈추고 주택가를 눈으로 훑었다. 그러고는 길게 한숨을 내쉬더니 다시 전화를 걸었다.

"네, 선생님, 혹시 같은 반에 신희라는 아이가 있을까요?"

진아의 담임 선생님에게 다시 도움을 청하는 듯 보였다. 그때 윤아의 핸드폰에 벨이 울리고, 알 수 없는 전화번호가 떴다. 거절해 버릴까 하다가 윤아는 전화를 받았다. 왠지 받아야 할 것 같았다.

"진아 동생이니?"

낯선 목소리가 진아의 이름을 불렀다.

"네, 제가 진아 언니 동생인데요!"

윤아는 큰 소리로 답했다. 순간 엄마도 놀란 눈으로 윤아를 쳐다보았다.

"나 진아 친군데……."

"누군데? 응?"

진아 친구와 엄마가 동시에 말했다. 윤아는 얼른 몸을 돌려 핸드폰 너머 진아의 친구에게 집중했다.

"지금 언니 어디 있는데요?"

윤아가 물었다. 엄마는 숨을 쌕쌕 몰아쉬며 윤아의 앞을 우뚝 막았다.

"네, 지금 엄마랑 같이 갈게요."

대답하고, 윤아는 전화를 끊었다.

"어디로 가면 돼?"

엄마가 득달같이 물었다. 윤아는 교왕산을 향해 방향을 잡았다. 그리고 진아의 친구, 신희가 가르쳐 준 대로 뚜벅뚜벅 걸음을 옮겼다. 엄마도 다급하게 윤아를 쫓았다.

주택가로 들어와 세 번째 골목에 다다르니 자그마한 소

공원이 보였다. 소공원을 마주 보며 오른쪽으로 방향을 틀자, 진아가 보였다. 진아는 신희와 함께 느릿느릿 걸음을 내딛고 있었다.

"진아야!"

엄마가 진아에게 달려갔다. 진아는 자리에 풀썩 주저앉아 울음을 터뜨렸다.

황급히 엄마를 쫓아간 윤아는 신희를 쳐다보았다. 신희는 몹시 곤란한 듯 손가락 끝을 깨물며 바닥에 주저앉은 진아와 엄마를 내려다보고 있었다.

온기만으로 위로가 되는

윤아는 침대에 앉아 핸드폰을 열었다. 시간은 어느덧 자정을 넘어가고 있었다. 윤아는 길게 숨을 내쉬고 침대 머리에 등을 기댔다. 거대한 태풍이 윤아네 집을 휘몰아치고 지나간 느낌이었다. 아니 아직 머물고 있는 것도 같았다. 태풍의 눈이 바짝 몸을 낮추고 사방을 살피며 또 다른 기회를 엿보고 있는 것만 같은 위기감이 집 안에 가득했다.

진아는 학교에서 발작을 일으켰다고 했다. 알 수 없는 공포감이 온몸을 감싸는 것 같더니 한 발짝도 걸음을 옮길 수 없었고, 고개를 들어 누군가에게 도움을 청할 수도 없었다고 했다. 심지어 진아에게 다가오는 발소리도 두렵고, 말을 걸어오는 목소리조차 두려웠다고 했다. 모두를 물리치기 위해서 진아는 몸을 잔뜩 웅크리고, 두 눈을 감고, 두 손으로는 양쪽 귀를 꽉 막고, 있는 대로 고함을 질렀다고 했다. 선생님이 진아를 잡고, 진정시키려 애를 썼지만 소용없었다고 했다. 마치 제어 장치가 고장 난 기계처럼 진아의 몸은 제멋대로 움직였고, 그 상황을 인지하는 뇌는

과부하가 걸려 폭발할 것처럼 들끓었다고 했다.

"도저히 학교에 있을 수 없었어요……."

진아는 그 길로 학교를 뛰쳐나왔지만, 아무것도 달라지지 않았다. 진아는 교왕산과 주택가가 있는 쪽으로 무작정 길을 건넜고, 무엇인가를 피해 정신없이 걷고 또 걸었다고 했다.

"그러다 무슨 일이라도 생기면 어쩌려고……."

엄마는 온몸을 부들부들 떨다가 한 손으로 입을 틀어막았다. 일단은 진아의 이야기를 더 들어야 했다.

"사람들이 없는 곳으로 가고 싶었어요. 사람들 눈에 뜨이고 싶지 않았어요……."

낮에 있었던 일을 풀어내는 진아의 목소리가 파들파들 떨렸다. 아빠가 진아의 어깨를 잡았다.

"신희가 쫓아왔어요."

선생님의 허락을 받고, 신희도 학교를 뛰쳐나왔다. 그리고 교왕산 쪽으로 허둥지둥 걸어가고 있는 진아의 뒤를 바짝 쫓았다. 교왕산 입구에서 신희는 진아를 잡았고, 진아는 신희의 품에 안겨서도 몸을 뒤로 뻗대며 정신없이 소리를 질렀다.

"신희는 가만히 있었어요. 신경질적으로 쏟아 내는 나

의 발작을 가만히 참아 주었어요."

"정말 고마운 친구네."

아빠가 나직하게 진아의 말을 받았다.

"그래서 신희네 집에 있었던 거야, 여태?"

엄마가 원망 섞인 목소리로 진아에게 물었다. 진아는 고
개를 끄덕였다.

"아니, 엄마한테 말을 했어야지……."

청소년 심리상담센터에서 엄마는 진아 또래의 청소년
을 여럿 만나 그날그날의 기분을 살피고, 할 일을 정리하
고, 내일을 준비하도록 했다. 마음에 병을 얻은 혹은 병이
생길 조짐이 보이는 청소년들의 일상을 다독이고 평소처
럼 복원해 주는 일. 그게 엄마가 하는 일이었는데, 정작 엄
마의 딸은 모래성처럼 허물어지고 있었다. 엄마는 그걸 눈
곱만큼도 알아차리지 못했다.

"어떻게 하는 게 좋을까?"

진아의 방을 나서며 아빠가 물었다. 엄마는 일단 센터에
진아를 데리고 가서 진아의 상태를 파악해 봐야겠다고 했
다. 엄마와 아빠의 한숨은 깊었고, 진아의 방은 고요했다.
윤아는 멀찍이 떨어진 채로 엄마와 아빠 그리고 진아를 살
피다가 가만가만 방으로 돌아왔다.

'도대체 언니가 왜 그랬을까?'

생각하는데, 또르르 눈물이 흘렀다. 도무지 믿기지 않는 일이었다.

윤아는 핸드폰을 만지작거렸다. 가슴이 답답해서 누구든 붙잡고 얘기하고 싶었다. 다행히 자정을 넘긴 시간에도 통화할 수 있는 친구가 딱 한 명 있었다. 윤아는 무릎을 세우고 앉아 핸드폰을 열었다.

윤아

뭐 해?

짧게 메시지를 보냈다. 답은 금세 왔다.

정우

일기 쓰고 있어.

윤아

역시……

끄적끄적 글을 쓰는 일은 정우에게 어울렸다.

정우

너는 뭐 해?

정우의 메시지를 받고, 윤아는 잠깐 생각했다. 무엇을 하고 있었는지. 그냥 어떤 말이라도 정우에게 털어놓고 싶었다.

윤아

전화해도 돼?

메시지 옆에 1이 사라지자마자 정우에게서 전화가 걸려 왔다. 윤아의 입에 옅게 미소가 번졌다.

"내가 걸려 했는데, 빠르네."

윤아가 나지막한 목소리로 말했다.

"왜 그래, 무슨 일 있어?"

정우가 가벼운 목소리로 윤아의 말을 받았다. 윤아는 힐끗 문밖을 돌아보았다. 거실 쪽에서 새어 들어오는 빛은 없었다. 윤아는 벽을 향해 모로 누운 채 이어폰을 귀에 꽂았다.

"우리 언니는 고민이 없는 줄 알았어."

윤아가 마음속에 품고 있던 말을 툭 뱉었다.

"에이, 너무했다."

정우가 새치름하게 말을 받았다.

"세상에 고민 없는 사람이 어디 있냐?"

"거기에 너도 포함?"

"어, 포함."

정우는 세상 밝은 목소리로 답을 했다. 순간 윤아는 괜한 것을 물었구나 싶었다.

정우는 윤아랑 같은 나이임에도 짊어지고 있는 것들이 훨씬 많았다. 정우는 집 밖에는 거의 나가지 않는 아버지와 반지하 임대 주택에 살고 있다. 아버지에게 들어오는 장애 수당과 기초 수급자에게 지급되는 지원금으로 살고 있는데, 만약에 정우가 본격적으로 일을 해서 돈을 벌게 되면, 지원금은 끊긴다고 했다. 정우가 얼마를 벌든지 말이다.

"누나는 뭐가 고민이래?"

정우가 물었다. 윤아가 무슨 생각을 하고 있는지 꿰뚫은 듯한 목소리였다. 정우는 윤아의 마음속에 스며든 미안함 혹은 무안함을 덮어 주었다.

"공부……."

"아!"

윤아의 답에 정우는 짧게 탄식을 뱉었다. 마치 어떤 고민인지 알겠다는 듯이.

"고민은 무엇이든 상대적인 것 같아. 공부를 잘하면 잘하는 대로, 못하면 못하는 대로."

정우의 답은 명쾌했다. 윤아가 정우의 말을 이었다.

"돈이 많으면 많은 대로, 없으면 없는 대로."

"그렇지!"

말끝에 정우는 슬쩍 웃음기를 묻혔다. 윤아는 핸드폰을 잡고 몸을 똑바로 눕혔다. 어둠에 익숙해진 눈이 방 안을 흐릿하게 밝혔다.

"무엇이든 잘하는 언니라서 힘든 것도 없는 줄 알았어."

"세상에 힘들지 않은 사람이 어디 있겠어. 대통령도 힘든 날이 많을걸?"

정우의 말에 윤아는 살짝 웃음을 흘렸다.

"대통령은 당연히 힘들지. 그만큼 책임이 따르는 자리니까."

"책임은 누구한테나 있어. 나한테도 너한테도."

정우가 야무지게 말을 맺었다. 윤아는 가만히 눈을 감았다. 진아에게 주어졌던 책임감은 무엇이었을까? 그리고 윤아 자신에게는 어떤 책임감이 있을까? 갑자기 눈물이 주르륵 흘렀다. 그동안 윤아는 진아의 뒤에 꼭꼭 숨어 있었다. 그래서 윤아에게로 전해질 책임도 진아가 떠맡고 있었다. 진아에게 미안했다.

"윤아야."

정우가 불렀다. 윤아의 숨소리가 심상치 않다고 생각한 듯했다.

"마음의 병은 치유될 수 있어. 곁을 지켜 주는 사람만 있다면."

"무슨 말이야?"

윤아가 물었다.

"나한테도 죽고 싶을 만큼 힘들었던 때가 있었잖아."

7년 전, 정우는 교통사고로 엄마를 잃었다. 그때 엄마 옆자리에 있었던 정우의 아빠는 두 다리를 잃었고, 엄마와 아빠가 함께 하던 식당도 문을 닫게 되었다. 엄마의 장례를 아홉 살배기 정우가 치러야 했고, 그 뒤로도 한동안 아빠와 떨어져 보호 시설에서 지냈다고 했다.

"그때 내 곁에서 마음을 다독여 준 사람이 복지사 쌤이야."

정우의 말에 물기가 묻었다.

"알지."

윤아도 차분하게 답했다.

"환경, 조건 다 중요하지. 하지만 그건 언제든 변할 수 있는 거잖아. 좋게든 나쁘게든……."

정우가 말을 흐렸다. 어쩌면 정우는 지금 자신의 환경을 더듬고 있는지도 몰랐다. 왠지 정우에게 미안한 마음이 들었다.

"그보다 중요한 건 사람 같아. 곁에서 변하지 않는 마음으로 날 지지해 주는 사람."

가만히 듣고 있던 윤아가 고개를 끄덕였다.

"누나한테 잘해 줘."

정우가 당부했다. 윤아는 멍하니 진아를 떠올렸다. 잘해 주고 싶다. 그런데 무엇을 어떻게 해야 할지 알 수가 없었다.

"그냥 같이 있어 주기만 해도 돼."

정우가 말을 붙였다. 정우는 윤아의 속을 훤히 들여다보는 듯했다. 윤아는 가만히 핸드폰만 잡고 있었다. 그래도 될까.

"그게 환경과 사람의 차이 같아."

정우가 또 말을 던졌다. 윤아는 그게 무슨 말이냐 물었다.

"환경은 나를 둘러싸고 그저 존재할 뿐 나를 위로해 주지는 못해. 하지만 사람은 곁에 있는 온기만으로도 위로가 되어 줄 수 있잖아. 나는 그렇게 생각해."

정우의 말은 따스했다. 마치 바로 곁에 있는 것처럼.

"고마워."

윤아가 나직하게 말했다.

"뭐가?"

정우가 되물었다.

"내 곁에 있어 줘서……."

"야, 제발. 이럴 거면 끊는다!"

정우가 몸서리치더니 이내 입을 다물었다. 그러고는 윤아가 그랬던 것처럼 고맙다는 말을 붙였다.

"솔직히 나처럼 구질구질하게 사는 애가 너 같은 애랑 어울리는 거……."

"야, 황정우, 너 또 이상한 소리 할래?"

윤아는 얼른 정우의 말을 끊었다. 전에도 정우는 비슷한 말을 한 적이 있었다.

"알겠어. 방금 한 말 취소."

정우가 웃었다. 윤아도 정우를 따라 슬그머니 웃었다. 마음이 한결 가벼워졌다.

통화를 마치고 윤아는 시계를 보았다. 새벽 1시가 다 되어 가는 시간. 늦었지만 머릿속은 맑았고, 그 사이로 진아의 얼굴이 맴돌았다.

'언니는 뭘 하고 있을까?'

평소의 진아는 이 시간에 집에 들어왔다. 그러니까 아직 깨어 있을지도 몰랐다. 언니한테 잘해 주라던 정우의 목소리가 자꾸 귀에 울렸다. 윤아는 이리저리 몸을 뒤척이다가 자리에서 일어났다. 진아가 보고 싶었다.

저녁에 그 난리를 겪으면서 윤아는 진아를 똑바로 바라보지 못했다. 엄마와 아빠 앞에서 학교에서 있었던 일을 거침없이 쏟아 내는 진아가 윤아는 낯설었다. 그래서 한 발짝 뒤로 물러난 채 진아와는 상관없는 사람처럼 진아를 관찰했다. 늦었지만 미안한 마음이 솟구쳤다. 진아가 이상하다 싶었던 그때, 진아에게 조금이라도 마음을 썼더라면 어땠을까. 그랬더라면 적어도 진아가 도망치듯 학교를 빠져나오는 일은 없지 않았을까.

윤아는 방문을 열었다. 새벽 1시를 넘긴 거실에 달빛이 어룽거렸다. 윤아는 조심스레 진아의 방문 앞에 섰다. 방문 안쪽은 조용했다.

'벌써 잠들었을지도 몰라. 괜히 들어갔다가 깨우면 어떡하지? 그럼 또 후회할 거야.'

아무래도 괜한 짓인 것 같아 몸을 돌리는데, 진아의 방에서 기척이 들렸다. 정확하게는 훌쩍임. 뭐지? 울고 있

나? 잘못 들었나 싶어 윤아는 진아의 방문에 귀를 바짝 갖
다 댔다. 다시 훌쩍임이 울렸다. 잘못 들은 게 아니었다.
윤아는 진아의 방문을 살며시 열었다.

"……언니."

나직하게 진아를 불렀다. 베개에 머리를 묻고 있던 진아
가 고개를 들어 윤아를 보았다.

"울어……?"

윤아가 나직하게 물었다. 진아는 고개를 저었다. 그러다
가 고개를 푹 숙이더니 훅 울음을 터뜨렸다. 윤아는 얼른
진아 곁으로 달려가 진아를 안았다.

"좀 낫다……."

진아가 크게 숨을 뱉으며 윤아를 보았다. 그러고는 툭
말을 이었다.

"넌 나처럼 살지 마."

"그게 무슨 말이야?"

윤아가 눈썹을 찡그리며 진아에게 물었다. 진아가 느릿
느릿 대꾸했다.

"교서동 3단지 수험생으로 살지 말라고. 다들 S대 합격
증은 따 놓은 것처럼 말하는데, 필요 이상의 기대도 버겁
고 숫자에 집착하고 있는 내 모습도 엉망인 거 있지."

"치, 교서동이 뭐라고!"

윤아 목소리에 가시가 돋았다.

"그러게 말이야. 엄마 아빠가 선택한 집, 선택한 학교에서 내가 왜 쫓기듯이 계단을 올랐을까?"

"앞으로는 그러지 마."

윤아가 목소리에 힘을 넣었다. 진아는 윤아와 눈을 맞추며 고개를 끄덕였다. 마음이 한결 놓였다.

돈줄

　화면에는 빨강, 파랑 빛이 요란하게 쏟아지고 사이사이로 화려하게 치장한 댄서들이 유려하게 몸을 흔들어 댔다. 하단에는 노랫말이 노란 색깔 옷을 입으며 변해 가고, 양쪽에 놓인 커다란 스피커에서는 빽빽거리는 소리가 귓가를 어지럽혔다.

　'박자를 못 맞추겠으면 음이라도 맞게 부르지.'

　수연은 탁자에 놓인 과자를 와그작 씹으며 큼지막한 화면만 매섭게 노려보았다.

　"변수연, 노래 골랐어?"

　서린이 마이크를 내려놓으며 수연에게 다가왔다.

　"아직."

　수연은 리모컨을 쥐고 인기 곡을 훑었다. 딱히 부르고 싶은 노래가 없었다.

　"그럼 내가 먼저 고른다!"

　서린이 신나게 리모컨을 받아 들었다.

　"야, 우리 탕탕탕 부를까?"

서린이 유주를 향해 큰 소리로 물었다. '탕탕탕'은 랩 오디션 프로그램의 우승 곡이었다. 굉장히 빠른 비트에 마구잡이로 밀어 넣은 가사가 마치 오토바이처럼 폭주하는 노래였다. 분명히 시끄러울 텐데, 수연은 내키지 않았다.

"야, 그거 말고……."

그런데 유주가 마이크를 들고 펄쩍펄쩍 뛰며 '좋아!'를 연발했다. 서린은 곧장 '탕탕탕'을 예약하고, 화면 앞으로 나섰다. 노래가 바뀌었지만 번쩍거리는 화면은 변함이 없었고, 수연의 머리를 찍어 내리는 듯한 괴성은 멈추지 않았다. 도저히 자리를 지키고 있을 수 없었다.

"나 갈게."

수연이 가방을 집어 들고 자리에서 일어났다.

"야, 어디 가!"

유주의 목소리가 삐- 소리와 함께 울렸다. 스피커에서 터지는 하울링이었다. 유주는 얼른 마이크를 똑바로 세웠다.

"너 어디 가?"

서린이 문 앞까지 쫓아와 수연을 잡았다.

"머리 아파."

수연이 얼굴을 찡그렸다.

"너 진짜 가지가지 한다."

유주가 팔짱을 끼며 몸을 외로 틀었다. 말투가 수연의 신경에 거슬렸다.

"뭐라 했어?"

수연이 유주를 향해 두 눈을 치떴다.

"잘 놀다가 갑자기 머리가 왜 아픈데? 그렇게 분위기 깨고 싶니?"

서린이 수연의 팔을 잡아끌었다. 하지만 수연은 노래방에서 아니 서린과 유주에게서 벗어나고 싶었다. 수연은 서린의 팔을 다른 손으로 쭉 밀어냈다.

"그럼 계산 더 하고 가. 우리는 더 놀다 갈게."

유주가 말을 던지고 다시 화면 앞으로 다가갔다. 순간 수연의 머리에서 불이 나는 것 같았다. 뜨거운 기운이 홧홧 올라왔다.

"내가 왜 계산을 해?"

수연이 빽 소리를 질렀다. 노래를 이어 부르려던 유주가 수연을 쳐다보았다.

"항상 네가 계산했잖아."

유주는 담담하게 말을 뱉었다. 옆에서 서린도 생뚱맞다는 표정으로 수연을 보았다. 순간 수연은 '아차!' 싶었다.

생각해 보니 서린과 유주를 만날 때면 늘 수연이 계산했다. 밥을 먹건 카페를 가건 노래방에서 놀건……. 왜 그랬지? 이유는 수연도 알 수 없었다. 처음부터 그렇게 하기로 약속이 되어 있는 것처럼 수연의 손이 움직였다. 한 번도 서린과 유주에게 계산을 떠넘긴 적이 없었다. 같이 내자고 해 본 적도 없었다. 서린과 유주 역시 셋이 만나 놀았을 때 계산하겠다 나선 적이 없었고, 수연이 계산한 뒤에 고맙다 하거나 나눠서 내자고 말한 적이 없었다. 지금 이곳에 와서도 그랬다. 한 시간 노래에 음료수값까지 전부 수연이 냈다. 그런데 서린과 유주는 그만 가겠다는 수연을 잡고, 한 시간을 더 계산하라고 종용하고 있었다.

"너희가 해."

수연이 짧게 말을 던지고 밖으로 나서려는데, 유주가 수연의 앞을 가로막았다.

"왜 우리가 계산을 해?"

유주는 너무나 당당했다.

"너희들이 더 놀다 간다며?"

수연이 짜증스레 대꾸했다.

"어이가 없네."

유주가 턱을 들어 올리며 콧방귀를 뀌었다. 서린의 표정도 유주와 다르지 않았다.

"진짜 어이없는 사람은 나야. 너네 진짜 뻔뻔하다."

"그게 무슨 소리야?"

서린이 해맑은 얼굴로 수연을 보았다. 수연이 무슨 말을 하는지 알아듣지 못하는 눈치였다.

"너희들 지금까지 나랑 놀면서 돈 쓴 적 있어?"

"뭐?"

유주가 얼굴을 팍 일그러뜨렸다. 그러고는 천장을 향해 작게 숨을 뱉더니 마이크를 내려놓고, 가방을 집어 들었다.

"야, 가자. 재수 없어."

이번에는 상황이 바뀌었다. 수연이 유주의 앞을 가로막았다.

"대답해. 너희들 돈 쓴 적 있냐고."

생각이 닿았을 때 결론을 내야 했다. 수연은 입술 끝에 바짝 힘을 넣고, 유주에게 따졌다. 유주는 가소롭다는 듯 피식거리며 수연을 보았다.

"너네 집 망했냐?"

"뭐라고?"

수연이 얼굴을 사납게 일그러뜨리며 유주를 보았다. 그

래도 유주는 피식거리는 낯빛을 바꾸지 않았다.

"너희 집 망했냐고!"

"야!"

수연이 유주의 어깨를 확 밀쳤다. 유주가 바닥에 엉덩방 아를 찧었다. 서린이 놀란 얼굴로 유주에게 다가가며 수연을 쏘아보았다.

"야, 이 미친년아!"

유주가 자리에서 벌떡 일어나며 수연을 밀었다. 수연의 몸이 뒤로 휙 밀렸다. 그래도 꼿꼿하게 버텨 바닥에 고꾸라지지는 않았다.

"우리는 뭐 네가 좋아서 같이 놀아 준 줄 알아?"

유주가 소리를 높였다. 수연은 멍한 얼굴로 유주를 보았다. 유주가 말을 이었다.

"너, 인스타 좋아요랑 댓글에 환장하잖아! 네가 환장하는 그거, 우리가 얼마나 열심히 해 줬는지 까먹었어?"

유주의 목소리는 험악했다.

"솔직히 별 시답잖은 피드에도 우리가 바람 잡고 띄워 줬잖아. 이제 와서 돈 내는 게 아까워?"

서린까지 유주의 말에 힘을 보탰다. 수연은 멍하니 서린과 유주를 보았다. 서린과 유주를 만날 때마다 무엇인가

개운하지 않은 느낌이었는데, 이제야 알 것 같았다. 서린
과 유주에게 수연은 친구가 아니었다. 적당히 바람을 잡아
주면 신나서 카드를 긁는 애. 한마디로 돈줄. 수연이 자초
한 일이었다. 수연은 알지도 못한 사이에.

수연은 입을 굳게 다문 채 가방을 집어 들었다. 서린과
유주 곁을 비켜나고 싶었다. 이제 다시는 이 아이들과 만
나지 말아야지. 이를 악물며 다짐했다.

"요새 네 피드 존나 구린 거 알아?"

뒤통수에 대고 유주가 말했다. 못 들은 척 수연은 노래
방을 빠져나오려 했다. 하지만 유주의 말은 빠르게 쏟아졌
다.

"옷도 존나 돌려 입고, 번지르르하게 돈지랄하는 물건
도 없는데, 지 것도 아닌 첼로로 자랑은!"

"너 첼로 켤 줄은 아니?"

서린이 말을 보탰다.

"너네 집 망한 거지?"

유주가 수연의 옆으로 다가와 따져 물었다.

"아니야!"

수연이 온몸에 바짝 힘을 주며 대답했다.

"그럼 나가면서 한 시간 더 연장해."

유주가 명령했다.

"싫다고!"

수연이 곧장 답했다.

"그럼 다 까발린다?"

유주가 핸드폰을 집어 들었다. 그러고는 인스타로 들어가 수연의 계정을 찾았다.

"뭘 까발린다는 거야?"

"너 얼마 전에 올린 가방, 신상 아니잖아!"

"카디건도 짭 아냐?"

유주와 서린이 날 선 목소리로 수연의 SNS를 평가했다. 아주 혹독하게.

"네 인스타가 그나마 볼만했던 건 돈지랄 때문이었어. 그런데 요새는 영 봐 줄 수가 없네."

유주가 핸드폰을 까딱까딱 흔들며 수연을 보았다. 수연은 아랫입술을 질끈 깨물며 가방 앞주머니를 잡았다. 거기엔 엄마 카드가 들어 있었지만 함부로 쓸 수 없었다. 엄마가 하루에 3만 원 이상 쓰지 말라고 했는데, 오늘 쓴 돈이 벌써 5만 원은 되는 듯했다. 서린과 유주를 만나면 기본으로 쓰는 돈이었다.

"가! 우린 더 놀다 갈 거니까!"

유주가 마이크를 잡고, 큼지막한 노래방 화면 앞으로 다가갔다. 서린도 더 볼일 없다는 듯 가뿐하게 수연에게서 몸을 돌렸다. 수연은 정신없이 몸을 흔들며 고래고래 소리를 지르고 있는 유주와 서린을 보았다. 저 아이들에게 왜 그렇게 돈을 썼을까? 정말로 수연의 SNS에 마구잡이로 바람을 넣어 주는 아이들이라서 마냥 좋았던 것일까? 머릿속이 복잡해졌다. 더 이상 노래방에서 버티고 있을 수는 없었다. 수연은 쾅 소리가 울려 퍼지도록 노래방 문을 닫고, 거리로 빠져나왔다.

저녁 어스름이 번지는 거리에는 사람이 많았다. 하지만 수연에게 신경 쓰는 이는 아무도 없었다. 저마다의 속도로 바쁘게 걸음을 옮기고 있는 사람들. 저들은 무엇을 위해 저렇게 바쁘게 움직이고 또 움직이고 있는 걸까.

"갑자기 왜?"

엄마가 카드 사용료의 상한선을 제시했을 때, 수연은 날카롭게 목청을 돋우며 엄마에게 따졌다.

"그냥 그렇게 하라고 하면 그렇게 좀 해."

엄마는 싸울 기력을 잃은 사람처럼 축 처진 채로 수연에게서 몸을 돌렸다. 그때의 서늘했던 기운이 다시금 올라왔다.

이모할머니의 장례식이 끝나고, 아빠는 전보다 더 자주 집에 들어오지 않았다. 엄마는 툭하면 누군가에게 전화를 걸어 댔고, 한번은 혼자 식탁 앞에 앉아서 술잔을 기울이기도 했다. 수연의 기억 속에 한 번도 등장하지 않았던 모습이라서 적잖게 놀랐다. 무엇인지는 모르지만 조심해야겠다고 혼자 생각했다. 그런데 며칠이 지나지 않아 카드 사용료의 상한선이 제시되었고, 엄마는 어딘가 초조한 듯한 태도를 보였다. 그리고 지난밤, 수연은 엄마에게서 결정적인 말을 들었다.

"우리 이사 갈 거야."

언제 어디로 간다는 말도 없었다. 그냥 툭 던져진 통보였고 수연은 그대로 따를 수밖에 없었다. 엄마와 아빠를 선택할 권리가 없는 것처럼 집 또한 수연의 의지와는 무관했다.

'도대체 무슨 일이 벌어지고 있는 거지…….'

수연을 떠받치고 있던 힘이 혹 빠져 버린 느낌이었다. 교서동 사는 게 대단한 자부심이었던 걸까. 수연의 머릿속은 복잡했고, 가슴은 답답했다. 전 같으면 윤아에게 속마음을 털어놓고 위로나 조언이라도 얻었을 텐데, 이번에는 그럴 수 없었다. 언제부터인가 윤아와도 멀어져 버렸다.

서린과 유주처럼 윤아도 수연의 형편이 나빠지고 있다는 걸 눈치챈 것이었을까. 그래서 윤아도 슬금슬금 수연을 멀리한 것이었을까. 생각을 하니 온몸에서 기운이 쭉 빠지는 것만 같았다. 갈 곳을 잃은 걸음을 우뚝 멈췄다. 어둠은 자꾸만 짙어 가는데, 수연은 아무것도 할 수 없었다.

담판

학원 수업이 끝났다. 하지만 혜리는 자리에 우두커니 앉아 있었다.

"왜? 뭐 궁금한 거 있어?"

자리를 정리하고 교실을 나서던 선생님이 혜리에게 물었다. 혜리는 고개를 저었다. 학원 선생님이 답을 줄 수 있는 문제가 아니었다.

'아무리 싼값에 내놓았어도 너희한텐 무리인가 봐?'

수연이 날 선 말을 퍼부었을 때 혜리는 답을 찾은 것 같았다. 애초에 무리인 거였다.

혜리는 교서동에 들어와서 경쟁해 볼 만큼 강단이 있는 아이가 아니었다. 엄마와 아빠도 마찬가지였다. 혜리네가 애문동을 버리고 교서동으로 들어온 순간 이미 발아래로는 살얼음이 깔리고 있었던 것이다. 혜리는 위태로운 살얼음판을 벗어나고 싶었고, 그러려면 엄마와 담판을 지어야 했다. 더 이상 질질 끌 수 없었다. 그동안은 엄마의 컨디션이 영 나쁜 것 같아 우물쭈물 시간을 때웠지만 더 이상의 시간 때우기는 의미가 없었다.

엄마

> 왜 안 와?

　엄마에게서 문자 메시지가 왔다. 엄마는 오늘도 마트에서 계산 업무를 부랴부랴 마치고, 정신없이 차를 몰아 학원 앞으로 왔을 것이다. 오로지 혜리 하나만을 위해서.

　혜리는 가방을 둘러메고 학원을 나섰다. 엄마 차는 오늘도 깜빡이를 빛내며 학원 앞 큰길가에 세워져 있었다. 혜리는 뒷문을 열고, 자리에 앉았다.

　"수업이 늦게 끝났어?"

　엄마가 가볍게 질문을 던졌다. 그리고 샌드위치와 음료수 하나를 내밀었다. 야식. 이걸 먹고 다시 독서실에서 두 시간 반을 때워야 한다. 하지만 오늘은, 오늘부터는 그러지 않기로 했다.

　"나 집으로 갈래."

　혜리가 강단 있게 말했다.

　"왜?"

　엄마가 백미러로 뒷자리의 혜리를 살폈다.

　"어디 아파?"

혜리가 가만히 있자, 엄마가 다시 물었다. 혜리는 고개를 끄덕였다. 일단은 집에 가서 이야기를 시작해야 할 것 같았다.

"그럼 약국부터 가야지. 어디가 어떻게 아픈데?"

"두통이야."

"얘, 두통쯤은……."

타박하려다가 엄마는 꿀꺽 말을 삼켰다. 그러고는 계속 백미러로 혜리만 힐끔거렸다. 혜리는 의자에 기대어 앉아 눈을 감았다. 엄마의 말에 더 이상 대꾸하고 싶지 않았다. 엄마가 끌끌 혀를 찼다. 마음에 들지 않다는 뜻이었다. 그래도 하는 수 없었다.

엄마가 교서아파트를 향해 차를 돌렸다. 혜리는 슬그머니 눈을 뜨고, 핸드폰을 열었다.

혜리

아빠, 할 말 있으니까 조금 천천히 주무세요.

금요일이니까 오늘은 아빠도 조금 늦게 자도 괜찮을 것이다. 교서동으로 이사를 온 뒤 혜리는 아빠 얼굴을 보기가 어려워졌다. 아빠는 애문동에 살 때보다 더 일찍 출근하고, 더 늦게 집에 들어왔다. 회사까지 거리가 멀어져서,

출퇴근 시간이 오래 걸리는 탓이었다. 주말이면 아빠는 거의 소파에 드러누워 잠을 잤다. 혜리의 일상도 많은 부분이 달라졌다. 아침에는 아빠가 혜리보다 일찍 집을 나섰지만, 집에 들어오는 건 아빠보다 혜리가 더 늦었다. 혜리가 집에 들어올 때면 아빠는 늘 잠이 든 상태였고, 주말에도 혜리는 학원을 돌다가 독서실에서 학원 과제를 하고, 저녁 무렵에야 겨우 집에 들어왔다.

아빠

> 지금 올 거야?

아빠에게서 답이 왔다. 혜리는 곧장 동그라미 두 개를 아빠에게 보냈다. 갑자기 가슴이 조이는 듯한 기분이 들었다. 엄마 그리고 아빠와 담판을 지어야 했다. 그러려면 작은 것부터 하나씩 하나씩 이야기를 해 나가야 했다. 혜리는 눈을 감은 채 엄마와 아빠 앞에 앉아 조곤조곤 말하고 있는 자신을 떠올렸다. 엄마와 아빠랑 이야기를 나누는 것이 이렇게 가슴 조일 일일까 싶어 문득 서러워지기도 했다.

집에 들어가기가 무섭게 엄마는 약상자를 찾았다. 그리고 두통약과 체온계를 꺼냈다. 혜리는 가방을 내려 두고 거실로 나왔다. 설핏 잠이 들었던 아빠도 느릿한 걸음으로 거실로 나와 소파에 등을 기댔다.

"우선 열이 있나 좀 보고……."

"엄마, 잠깐만 앉아 봐요."

혜리가 아빠 옆에 자리를 잡으며 엄마를 불렀다. 부산스럽게 약상자를 챙기던 엄마가 멀뚱멀뚱 혜리와 아빠를 쳐다보았다.

"앉아 봐. 혜리가 할 말 있대."

아빠가 퉁명스럽게 말했다.

"왜? 아프다면서? 심각해?"

엄마가 얼어붙은 목소리로 질문을 던지며 혜리 옆에 앉았다. 혜리는 마른침을 꿀꺽 삼켰다. 그리고 깊게 숨을 내쉰 다음 고개를 들고, 입을 열었다.

"저 독서실 그만 다닐게요."

"뭐라고?"

엄마가 단박에 이맛살을 구겼다. 아빠는 말이 없었다.

"어차피 집에 내 방도 있고, 엄마랑 아빠가 내 공부에 방해되는 것도 아니고……."

"그래도 공부하는 분위기가 다르지……."

엄마가 혜리의 말을 끊었다. 그러자 아빠가 엄마 팔을

툭 쳤다. 그러고는 혜리에게로 눈을 돌렸다.

"학원도……."

"학원이 왜?"

엄마는 참을성이 없었다. 아니, 참을성이 없어졌다. 애
문동에 살 때 엄마는 항상 혜리의 말을 먼저 들어 주고, 혜
리의 문제를 함께 고민하고, 함께 풀어냈다. 그런데 교서
동으로 이사를 오고부터 엄마는 확 달라졌다.

"수학이랑 과학만 다닐래요."

"왜?"

엄마가 훌쩍 목청을 키웠다. 그새 머리끝까지 화가 오른
것도 같았다. 무릎에 얹어 놓은 두 손에 힘이 팍 들어갔다.

"나는 아직 중학교 3학년이고……."

"그래도 여기 애들은 다 다니는 학원이야."

엄마는 더 이상 아무 말도 하지 말라는 듯 혜리의 말을
잘라 버리고 자리에서 일어났다. 아빠가 엄마의 팔을 잡았
다.

"혜리가 오죽하면 이러겠어. 좀 들어 봐."

"왜, 뭐가 오죽하면인데, 내가 너한테 돈을 벌어 오라고
하던, 집안일을 시키던? 그냥 아무 말 말고 공부만 하라는
데 그걸 왜 못 한다는 거야?"

엄마 목소리에 잔뜩 성이 올랐다. 혜리는 두 눈을 꼭 감았다. 이제 시작이었는데, 시작부터 브레이크가 걸렸다.

"혜리가 원하는 건 아니잖아!"

이번에는 아빠 목소리가 치솟았다. 혜리는 엄마와 아빠를 번갈아 쳐다보았다. 언제부터인가 엄마와 아빠는 차분하게 대화하는 방법을 잊어버린 것 같았다. 혜리가 보는 앞에서도 엄마와 아빠는 서로를 향해 으르렁거리며 눈썹을 일그러뜨렸다. 그렇지 않으면 마치 아무런 상관도 없는 사이인 것처럼 서로를 본체만체했다. 혜리는 엄마와 아빠의 관계가 서먹해진 것도 무척이나 슬펐다. 모든 것이 이사 때문이었다.

"여기 이사 오기 전에 혜리가 분명히 그랬어. 남들 모두가 인정하는 좋은 대학에 가고 싶다고. 나는 혜리가 바라는 걸 해 주려고 이리로 온 거야."

"이렇게까지 해야……."

혜리가 휙 목소리를 높였다. 엄마와 아빠가 혜리를 향해 고개를 돌렸다.

"이렇게까지 해야 하는 줄 몰랐어요. 미안해, 엄마. 내가 생각이 짧았어."

혜리가 또박또박 큰 소리로 말했다. 오랫동안 가슴에 품고 있던 말이었다.

엄마가 길게 한숨을 내쉬었다. 그러고는 몹시 피곤하고 지친 듯한 얼굴로 혜리를 쳐다보았다.

"지금 네가 힘들어서 그럴 거야. 지금 이 시기만 지나면……."

"못 지날 것 같아요!"

혜리 목소리가 파르르 떨렸다. 엄마는 멍한 눈으로 혜리를 보았다. 혜리의 말을 이해하지 못하고 있는 듯 보였다. 혜리는 방으로 들어가 가방을 열었다. 그리고 엊그제 받은 성적표를 꺼내 엄마 앞에 펼쳤다. 엄마가 혜리의 성적표를 집어 들었다.

"이게 뭐야……."

전교생 286명 가운데 117등. 혜리가 지난 시험에서 받은 성적이었다.

"너, 도대체!"

엄마가 혜리를 보며 이를 악물었다. 아빠도 엄마가 내려놓은 성적표를 집어 갔다. 그러고는 이내 얼굴을 구겼다.

"나 진짜 죽을힘을 다해서 열심히 했어요. 그런데 그것밖에 안 나온 거야……."

아빠가 한숨을 내쉬며 성적표를 탁자 위에 던졌다. 그러고는 고개를 돌려 허공을 보았다. 혜리의 성적에 무덤덤한 줄 알았는데, 아빠에게도 이번 성적은 충격인 듯했다. 혜리의 눈에서 눈물이 뚝 떨어졌다.

"너 애문중에서는 이렇지 않았잖아. 그때는 시험만 봤다 하면……."

"나도 잘할 줄 알았어요. 교서동에 오면 어려워질 거라는 말을 들으면서도 할 수 있을 거라고 생각했어요. 그런데 이미 늦었어요. 여기 애들은 시작부터 달라요."

혜리는 마음속에 담아 놓은 말을 빠짐없이 뱉었다. 이제 엄마와 아빠도 생각해 보겠지. 그리고 다시 결정해 주겠지. 혜리는 애문동으로 돌아가고 싶었다. 그러면 공부도 더 잘될 것 같았다. 누구의 관심도 받지 못하는 이곳에서 혜리는 아무것도 할 수 없었다.

공부를 해도 머릿속에 쏙쏙 박히지 않았고, 알지도 못하는 누군가의 눈치를 끊임없이 살피고 있었다. 애문동에서보다 더 많은 시간을 투자해서 공부에 매달리고 있지만 혜리 자신을 위한 것 같지 않았다. 정체 모를 누군가에게 혜리 자신을 빼앗긴 것만 같은 느낌, 불안함과 외로움, 혜리는 그게 싫었다.

"시험 한 번 본 걸로 뭘 알아!"

엄마가 자리를 박차고 일어났다. 혜리는 놀란 눈으로 엄마를 보았다.

"아직 적응을 못 한 것뿐이야. 지금까지 한 것처럼 조금만 더 하면……."

"못 하겠다고요, 엄마!"

혜리는 두 손으로 얼굴을 가리고 울음을 터뜨렸다. 옆에서 아빠는 길게 한숨을 뱉었다.

"그냥 애문동으로 돌아가자. 여기 있으면 아빠도 엄마도 행복하지 않잖아. 나 행복하게 공부하고 싶어."

다시 한번 혜리는 엄마에게 사정해 보았다. 그러면 엄마도 마음을 풀어 주지 않을까. 아니 아빠라도 혜리의 편에 온전히 서 주지 않을까.

"넌 왜 네 생각만 해?"

엄마가 물었다. 혜리는 고개를 절레절레 저었다. 혜리는 혜리만 생각하지 않았다. 엄마와 아빠 모두를 생각하고 고집을 부리는 것이었다.

"네가 더 잘하고 싶다고 했잖아. 그래서 이사 온 거였는데 고작 몇 달 지내 보고 다시 돌아가자고? 넌 집을 옮기고, 살아온 환경을 바꾸는 일이 그렇게 쉬운 줄 아니?"

엄마는 혜리가 바라는 대로 해 줄 마음이 눈곱만큼도 없어 보였다. 혜리는 고개를 푹 숙였다. 어떻게 해야 하나 머리가 다시 복잡해졌다. 아빠가 끙 소리를 내며 자리에서 일어났다. 혜리는 고개를 들어 아빠를 올려다보았다. 아빠라도 혜리의 편에 서 주었으면 싶었다.

"이왕 시작했으니 1년은 버텨 봐야지. 몇 달 해 보고 힘들다고 포기하면 죽도 밥도 안 돼."

아빠가 완강한 목소리로 말을 뱉고, 방으로 들어가 버렸다. 혜리의 예상이 빗나갔다. 이사 와서 지금까지 내내 불평과 불만만 늘어놓던 아빠였는데, 갑자기 태도가 바뀌었다. 혜리는 허탈했다.

"오늘만 봐주는 거야. 내일부터 다시 독서실에 갈 준비해."

엄마도 냉랭하게 말을 던지고 방으로 들어갔다. 온기가 사라진 거실에서 혜리는 몸을 웅크렸다. 무조건 여기에서 더 버티라니, 과연 할 수 있을까. 무너진 자신감 사이로 두려움이 몰려들었다. 엄마 아빠가 그려 놓은 교서동이라는 청사진에서 빠져나가고 싶었다.

조각달

침대에 누웠지만 잠이 오지 않았다. 독서실에 갔더라면 아직 책상 앞에 앉아 있을 시간이기는 했다. 혜리는 침대에서 일어나 방을 빠져나왔다. 거실 벽에 걸린 디지털시계가 11:15에서 깜빡거렸다. 불 꺼진 큰방은 고요했다. 모처럼 엄마와 아빠도 일찍 잠자리에 든 모양이었다.

혜리는 거실 소파에 다리를 올리고 웅크려 앉았다. 여전히 막막한 기분이 혜리를 감쌌다. 어떻게 해야 할까. 과연 버틸 수 있을까. 진짜로 버티는 것만이 답일까. 누군가가 혜리를 붙잡고 훌쩍 도망이라도 쳐 줬으면 싶었다. 문득 민서가 떠올랐다. 만약에 옆에 민서가 있다면 어땠을까. 혜리는 민서에게 메시지라도 보낼까 싶어 핸드폰을 열었다. 하지만 너무 늦은 시간이었다.

핸드폰을 손에 쥔 채 혜리는 커다란 창을 바라보았다. 창으로 새하얀 빛이 번졌다. 달빛은 아니었다. 달빛이라기에는 빛의 강도가 셌다. 혜리는 창밖의 빛을 확인하려고 베란다로 나갔다. 거실 창문 바로 아래쪽에 가로등이 있었다. 그리고 그 아래 낯익은 실루엣이 보였다. 가방을 둘러멘 채 터덜터덜 걸어가고 있는 아이. 310동에 사는 수연이었다.

'쟤도 이 시간까지 학원에 다니나?'

수연은 다른 아이들과 달리 공부에 그리 열성을 보이지 않았다. 수연의 엄마도 마찬가지인 것 같았다. 그렇다고 공부를 아예 뒷전으로 밀어 둔 아이도 아니었다. 어정쩡한 아이. 어쩌면 수연도 혜리와 비슷한 상황일지도 몰랐다.

푸우우. 한숨을 내쉬며 몸을 돌리려는데, 가로등 아래 수연이 털썩 주저앉았다. 그러고는 고개를 푹 숙였다. 뭐 하는 거지? 이상했다. 그동안 보아 왔던 수연은 저런 아이가 아니었다. 성적과 상관없이 자신만만하고 기세가 등등한 아이. 그래서 혜리는 수연이 부담스러웠고 수연이 보이면 뒷걸음치듯 피하기만 했다. 그런데 지금 수연의 모습은 달랐다. 무슨 일이 있는 걸까. 호기심이 생겼다. 혜리는 창문에 바짝 다가선 채 가로등 아래를 내려다보았다. 수연의 어깨가 들썩이는 것 같았다.

'우나?'

혜리는 벽시계를 다시 보았다. 11시 25분. 이 시간에 왜 저러고 있는 거지?

'수연이는 도망을 친 걸까?'

알 수 없는 감정이 혜리의 마음을 들춰냈다. 자꾸만 수연에게로 마음이 쓰였다.

수연이 자리에서 벌떡 일어났다. 그러고는 고개를 홱 들어 올렸다. 수연의 눈길은 거침없이 3층으로 향했고, 정확하게 혜리와 눈이 마주쳤다.

'앗!'

혜리는 반걸음쯤 뒤로 물러섰다. 보지 말아야 할 것을 몰래 훔쳐보다가 들킨 기분이었다. 혜리는 어떻게 할까 고민스러웠다. 빠르게 뛰는 가슴을 진정시키며 다시 창밖을 내다보았다. 수연은 그 자리에 그대로 서 있었다. 혜리는 빤히 수연을 내려다보았다. 수연도 혜리의 눈길을 피하지 않았다. 할 말이 많은 눈빛이었다. 모른 척할 수 없었다. 그러기 싫었다. 혜리는 수연을 향해 고개를 끄덕이고 잽싸게 몸을 돌렸다. 살금살금 신발을 신고, 조심스럽게 현관문을 열었다. 문 앞 센서 등이 훤하게 켜졌다. 혜리는 천천히 1층으로 내려갔다. 수연은 가로등 아래 쪼그리고 앉아 있었다. 마치 혜리를 기다리고 있던 것처럼.

"여기에서 뭐 해?"

혜리가 수연에게 다가갔다. 수연이 고개를 들었다.

"네가 웬일이야?"

수연이 물었다. 혜리는 수연의 물음을 되짚었다. 이상하기는 했다. 혜리가 수연에게 관심을 보이는 것이. 그래도 이왕에 알은체를 했으니 그냥 돌아갈 수는 없었다. 혜리도 수연 옆에 쪼그려 앉았다.

"너 이러는 거 처음 봐서."

"월세……."

수연이 입에서 자그마하게 터져 나온 단어였다. 혜리는 '헉' 숨을 들이마셨다.

"아니, 그게 아니야."

수연이 다급하게 말을 붙였다.

"우리 이사 가."

수연이 뜬금없는 고백을 했다. 혜리는 스르르 고개를 돌려 수연을 보았다.

"월세로 갈지도 몰라."

수연이 말을 붙였다. 혜리는 고개를 숙여 발아래를 내려다보았다. 뭐라고 대꾸해 주어야 할지 알 수 없었다. 월세. 월세가 뭐가 어때서. 혜리의 머릿속에는 이런 말들이 떠올랐다. 하지만 시원하게 내뱉을 자신이 없었다. 교서아파트로 이사 온 첫날, 수연에게서 들었던 '월세'라는 단어는 혜리의 가슴에 아프게 꽂혀 있었다.

"야, 너희들!"

귀에 익은 목소리가 울렸다. 혜리는 고개를 들었다. 눈앞에 윤아가 있었다.

"윤아야!"

"수연아, 이 시간에 여기에서 왜 이러고 있어?"

윤아 옆에 있던 아주머니가 수연에게 알은체를 했다. 윤아의 엄마인 듯 보였다. 윤아 옆에는 윤아의 아빠와 언니로 보이는 사람도 있었다. 가족과 함께 어딘가 다녀온 모양이었다.

"윤아랑 잠깐 얘기 좀 하고 가면 안 돼요?"

수연이 윤아의 팔을 잡고, 아주머니에게 사정했다. 윤아가 고개를 돌려 자기 엄마를 쳐다보았다.

"너무 늦지 말고."

윤아 엄마가 짧게 말했다. 윤아의 언니로 보이는 사람이 윤아를 향해 손을 흔들었다. 생긋 미소도 짓는 것 같았다. 윤아도 자기 언니를 향해 싱긋 웃어 보이고는 자기 아빠에게 손짓을 했다. 윤아의 아빠가 윤아의 어깨를 토닥이고는 309동으로 들어갔다. 말없이 눈짓과 손짓으로 서로에게 인사를 건네는 윤아의 가족이 무척이나 따스해 보였다. 좋겠다. 혜리의 마음속에 알 수 없는 부러움이 몽글몽글 피어났다.

"여기에서 뭐 하고 있는 거야?"

윤아가 다시 물었다.

"그냥……."

수연이 혜리를 돌아보았다. 혜리는 수연과 눈을 맞추고는 슬쩍 고개를 돌렸다. 이 시간에 수연과 혜리 둘이 가로등 아래 나란히 쪼그려 앉아 있었다. 윤아의 눈에 꽤나 어색해 보였을 것이다.

"저쪽에 가서 얘기하자."

윤아가 308동 앞 쉼터를 가리켰다. 셋은 무거운 걸음으로 쉼터로 향했다.

"너희는 이 시간에 온 가족이 웬일이야?"

쉼터에 다다르자 수연이 입을 열었다. 수연의 목소리는 평소와 비슷했다. 윤아를 만나 기운이 나는 듯했다.

"산책하고 왔어."

"오……."

수연이 작게 탄성을 뱉었다. 혜리도 작게 놀란 표정을 지었다. 늦은 밤 가족과 함께 산책이라니, 혜리는 윤아가 부러웠다. 윤아가 고개를 떨구며 피식 웃었다.

"대단한 거 아니야."

윤아의 목소리에 기운이 없었다. 무슨 일이 있나 싶었다.

"우리 이사 갈 것 같아."

윤아가 말했다. 수연과 혜리는 동시에 눈을 크게 뜨고 윤아를 보았다.

"야, 이사 가는 게 뭐 큰일이냐?"

윤아는 멋쩍은 듯 수연과 혜리를 번갈아 보았다.

"아니, 그게 아니라!"

"수연이네도 이사 간대."

혜리가 덥석 말을 뱉었다. 이번에는 윤아가 눈을 동그랗게 뜨고 수연을 보았다.

"왜에?"

윤아의 질문에 수연은 윤아가 그랬던 것처럼 고개를 숙이고 피식거렸다. 윤아와 혜리의 눈길이 수연에게로 향했다.

"아빠 일이 잘 안됐나 봐."

수연의 목소리에 물기가 어렸다. 혜리는 조금 전 수연이 했던 말을 떠올렸다. 월세로 갈지도 몰라. 아빠가 하는 일이 잘 안돼서 월세로 가게 되면 기분이 어떨까. 혜리는 한 번도 상상해 보지 못한 일이었다. 그제야 가로등 아래 쪼그려 앉아 눈물을 쏟던 수연을 이해할 수도 있을 것 같았다.

"엄마랑 아빠가 혜리네가 살고 있는 집이라도 팔아서 어떻게 해 보려고 했는데……."

말끝에 수연은 또 헛헛한 웃음을 지었다. 그것마저도 잘 안됐다는 이야기가 따라붙을 게 뻔했다.

"너네는 갑자기 웬 이사?"

수연이 윤아에게 물었다. 윤아는 고개를 들어 하늘을 보았다. 윤아를 따라 혜리도 고개를 들었다. 새까만 하늘에 조각달이 아스라이 빛나고 있었다.

"언니가 아파."

윤아가 조각달을 올려다보며 나지막하게 말했다.

"진아 언니가? 어디가?"

수연이 목청을 높였다. 윤아의 언니를 수연은 잘 알고 있는 눈치였다. 윤아는 고개를 푹 숙였다. 수연은 말없이 윤아를 바라보았다. 혜리는 윤아의 언니가 궁금했다. 하지만 물어볼 수 없었다. 분위기가 그랬다. 혜리는 조금 전 만났던 윤아의 언니를 떠올려 보았다. 유난히 뽀얀 얼굴이 밤하늘에 떠 있는 조각달 같았다. 아파서 그렇게 보였나.

혼자 어림하는데 윤아가 입을 열었다.

"공황 장애래."

"그게 뭔데?"

수연이 얼굴을 꽉 일그러뜨리며 윤아를 보았다.

"지나친 강박, 스트레스 때문에 생기는 마음의 병!"

윤아가 대꾸하며 맥없이 웃었다. 수연은 믿을 수 없다는 듯 고개를 절레절레 저었다. 그러고는 혼잣말하듯 중얼거리며 말했다.

"공부밖에 모르던 공붓벌레 언니가!"

수연의 말이 혜리의 신경을 잡았다. 공부밖에 모르던 공붓벌레. 어쩌면 지금 혜리의 엄마와 아빠가 혜리에게 요구하는 것이 그런 것일지도 몰랐다. 교서동의 공붓벌레가 되어 엄마와 아빠에게 힘이 되어 주는 것.

"그래서 어디로 이사 갈 건데?"

수연이 뚱한 목소리로 물었다. 윤아는 고개를 저으며 아직은 모른다고 했다.

"공부 때문에 스트레스 받지 않을 만한 곳으로 가자고 했으니까……."

"좋겠다……."

자기도 모르게 툭 말을 뱉어 놓고 혜리는 얼른 입을 가

렸다. 언니가 아파서 이사 간다는데 좋겠다라니, 혜리는
윤아에게 미안했다.

"너도 이사 가고 싶어?"

윤아가 혜리를 쳐다보며 물었다. 혜리는 고개를 끄덕였
다.

"너는 왜?"

수연이 질문을 던졌다. 혜리는 아무 말도 못 하고 아랫
입술만 잘근거렸다. 가만히 혜리를 바라보던 윤아가 말했
다.

"너도 공부 때문에 어지간히 스트레스 받나 보다."

그제야 혜리는 고개를 끄덕였다. 그러고는 곧장 말을 붙
였다.

"공부도 잘 못하면서 스트레스 받는다니까 웃기지."

"야, 네가 공부를 잘하는지 못하는지 우리가 어떻게 아
냐?"

수연이 입을 삐죽거렸다. 그러고는 차라리 공부 때문에
이사 가는 거면 자기도 좋겠다고 했다. 수연은 갑자기 들
이닥친 변화가 두려운 모양이었다.

"월세라고 뭐, 크게 불편할 건 없어."

혜리가 말했다. 수연이 눈을 크게 뜨고 혜리를 보았다.

"너처럼 대놓고, 너 월세지? 월세지? 하는 애만 없으면!"

혜리가 뾰로통한 얼굴로 수연을 보았다.

"야, 그건……!"

수연이 발을 쿵쿵 굴렀다. 그러고는 자세를 고쳐 잡더니 무엇인가를 생각하듯 입을 오물거리며 말했다.

"싫었겠다."

"응!"

수연의 말에 혜리가 곧장 답을 했다. 수연이 웬일이냐는 듯 혜리를 쳐다보았다.

"진작에 이렇게 반응도 좀 하고 그러지. 내가 얼마나 답답했는지 알아?"

"네가 나만 보면 자꾸 월세 타령을 했잖아. 그런 너를 상대하고 싶었겠어?"

혜리가 수연을 향해 눈을 흘겼다.

"좀 늦었지만, 이제라도 속마음을 털어놓아서 다행이다."

윤아가 목소리에 힘을 넣었다. 마치 수업을 정리하는 선생님 같은 말투였다.

"하기는 월세든 자가든 그깟 게 뭐가 중요하냐!"

수연이 하늘을 올려다보며 말을 던졌다. 혜리도 고개를 들어 조각달을 바라봤다. 새끼손톱만큼 자그마한 조각달은 새까만 밤하늘에도 주눅 들지 않고 당당하게 빛났다.

"맞아, 월세든 자가든 교서동이든 아니든 어차피 엄마랑 아빠가 만들어 놓은 건데……."

"그렇지. 우리 것은 아니지."

혜리의 말을 수연이 받아넘겼다. 옆에서 윤아가 밤하늘을 올려다보며 나직하게 물었다.

"우리는 뭘까?"

수연과 혜리가 윤아를 향해 고개를 돌렸다. 윤아의 질문은 조금 뜬금없었다. 윤아가 말을 이었다.

"집은 엄마랑 아빠가 만들어 놓은 거랬잖아. 그러면 우리는 뭐냐고. 우리도 엄마랑 아빠가 만들어 놓은 결과물일까?"

"아니지!"

수연이 큰 소리로 말했다. 혜리는 눈을 반짝이며 수연을 보았다.

"우리는 누구의 소유물이 아니야. 좋고 싫은 걸 확실하게 밝힐 수 있는 분명한 인격체라고."

수연이 쩌렁쩌렁 목청을 높였다. 옆에서 윤아가 피식 웃으며 수연을 보았다.

"맞다, 변수연! 똑똑하네!"

좋고 싫고 확실하게 밝힐 수 있는 인격체라······. 혜리는 수연의 말을 웅얼거리며 고개를 숙였다.

"넌 내 말이 틀린 것 같아?"

수연이 물었다. 혜리는 발끝으로 땅바닥을 툭툭 찼다. 혜리는 아직 답을 찾지 못했다. 그래도 수연의 말은 마음에 쏙 들었다. 엄마 아빠가 만들어 낸 결과물이 아닌 분명한 인격체!

"엄마랑 아빠는 나 때문에 교서동으로 왔대."

혜리가 말했다.

"진짜로 너를 위해서 온 게 맞아?"

수연이 눈을 갸름하게 뜨며 혜리를 보았다. 옆에서 윤아가 말을 붙였다.

"네가 아니라 너희 엄마 아빠의 욕심 때문에 왔을 수도 있지."

"하아······."

혜리는 고개를 푹 숙였다. 그리고 엄마 아빠의 얼굴을 떠올렸다. 어쩌면 수연과 윤아의 말이 맞는 것 같았다.

"난 여기에서 버티지 못할 것 같은데······."

혜리가 웅얼웅얼 속엣말을 했다. 윤아가 혜리의 어깨를 잡았다. 그리고 한번 부딪혀 보라고 했다.

"내가 도와줄게."

수연이 씩씩하게 대꾸했다. 한껏 웅크리고 있던 그 아이가 맞나 싶었다.

"교서동이 아니라 네가 행복해야 하잖아!"

수연이 말을 맺었다. 혜리가 수연과 눈을 맞추며 물었다.

"넌 교서동에 있어야 행복한 거 아니야?"

"뭐, 그렇기는 하지만……."

"아까 말했잖아. 교서동이든 어디든 그건 중요하지 않다고!"

이번에는 윤아가 목소리에 힘을 넣었다. 아, 이렇게 든든한 아이들이었다니. 교서동 아이들이라서 다른 걸까. 그건 중요하지 않다고 했는데……. 엉뚱한 생각이 스멀스멀 피어올라 혜리는 피식 웃음이 났다.

"너희들이랑 진작에 친하게 지냈더라면……."

그랬다면 혜리는 교서동에 정을 붙일 수 있었을까.

"뭐, 지금부터라도 친하게 지내면 되지!"

수연이 기세 좋게 외쳤다.

"그래, 우리 잘 통할 것 같다. 자주 만나자!"

윤아가 수연과 혜리를 향해 손을 내밀었다. 혜리와 수연도 손을 뻗어 서로의 손을 잡았다. 맞잡은 손에서 온기가 전해졌다.

"아, 예쁘다!"

혜리가 고개를 들어 조각달을 올려다보았다. 수연과 윤아의 눈길도 조각달을 향했다. 캄캄한 밤을 지키는 조각달은 영롱했다.